徳 間 文 庫

御堂筋殺人事件【決定版】

内 田 康 夫

徳 間 書 店

目次

プロローグ

いったん御堂筋《みどうすじ》まで出て、北御堂《きたみどう》をグルッと迂回《うかい》して、裏道を南へ歩くのが、有紀子《ゆきこ》とアリスの散歩コースである。表の御堂筋もいいけれど、車の騒音と排気ガスの臭《にお》いで、のんびり歩く気にはなれない。

御堂筋はこれから少しずつ、いい季節へと向かう。グリーンベルトの銀杏《いちょう》並木がしだいに黄金色《こがねいろ》に色づき、あと一ヵ月もするとギンナンがたわわに実る。車の交通量が少ない早朝など、うっすらと靄《もや》がかかって、ビルの隙間《すきま》から射し込む日差しで、梢《こずえ》に残る露がキラキラと輝く。

有紀子は朝が遅い。屋外で撮影の仕事があって、それも早い時刻からということでもなければ、目覚めは大抵、十時を過ぎる。

簡単に化粧をすませ、朝食も摂《と》らずにアリスと出掛けた。ジーパンに白いブルゾン、赤いスカーフを首にふわっとひっかけた。この恰好《かっこう》でアリスを連れて歩くと、擦《す》れ違う男が必ず振り返るのを、有紀子はちゃんと知っている。

北御堂の裏の道には、中小の商社などが入ったビルが並んでいる。最近はマンションもいくつか建った。その中のひとつ、茶色い煉瓦《れんが》風のタイルを貼《は》った、ちょっと見には小綺麗《こぎれい》なマンションに、有紀子はアリスと二人だけで住んでいる。

いつもは貨物の車や、忙しげに行き交うサラリーマンたちで賑《にぎ》わう通りが、なんだか、やけに静かだなと思ったら、この日は休日だった。マンションの周辺で、休日でもやっている店といえば、小さなコンビニエンスストアと花屋と喫茶店が一軒だけである。

その三軒のお店の中で、マンションの正面にある花屋だけに「ペットお断り」の札がない。しつけの悪い犬は、店先の鉢植に粗相をしたりするそうだが、アリスは決してそんなことはしない。

アリスは知り合いの音楽家から譲ってもらったシーズー犬である。小型の長毛種で、鼻ペチャのしゃくれた顔の中に、むやみに大きな眼がギョロッとしている。毛がいっぱい生えた足を、ペタペタさせて歩くのが、まるでマンガのように可愛い。

聞き分けがよく、頭がいい反面、お茶目で人なつこく、動作も機敏だ。それらはもちろん、すべてのシーズー種に共通した特徴だけれど、有紀子はアリスだけが格別なのだと思い込んでいる。

有紀子は大阪の北の郊外、豊中《とよなか》市で生まれ育ったのだが、四年前の春、大阪の短大に入り、在学中にファッションモデルのプロダクションにスカウトされてから、このマンションに独りで住むことになった。

もっとも、豊中と大阪の距離を考えれば、なにも独り住まいをすることはなかったのだけれど、それを独立の口実にしたというのが本当のところかもしれない。

中学から短大までを通じて親友だった梅本観華子《うめもとみかこ》も、有紀子のヒキでモデルになったが、彼女のほうは豊中の自宅から通いで仕事をしている。もっとも、観華子はまだ動作がぎこちなく、演出家やデザイナーに叱《しか》られてばかりいる新米だから、独立するだけの経済的な裏付けがなかったこともある。

「有紀子はいいわねえ」というのが、観華子の口癖であった。

「顔もスタイルもきれいやし、頭もええし、動きも優雅やし」

「慣れよ、そんなもの、少し経《た》てば、誰かてそれらしくなってくるものよ」

有紀子は優越感を感じながら、そう言う。実際、畑中《はたなか》有紀子といえば、いまや大阪の業界ではトップクラスに属している。プロダクションとしては、東京に引き抜かれはしまいかと心配でならないらしい。

かつては、繊維メーカーの多くが大阪に本社を置いていたけれど、ひところの東京集中志向のあおりで、東京に本社を移す傾向がつよい。企業がそうだから、優秀なモデルもタレントも、少し売れてくると東京へ去ってしまう。

しかし有紀子は大阪が好きだ。どんなに売れても、大阪を離れずにやっていこうと思っている。有紀子を頼りにしている観華子も、東京へは行かないでと懇願する。

「有紀子が行ってしもうたら、私はこの仕事、辞《や》めるわ」

「なに言うてるの、こどもやあるまいし、独りでやっていかな、あかんやないの」

いっぱしの先輩面して、有紀子は笑う。

「そうかて、私は才能がないし、それに第一、有紀子がいないようになってしもうたら、仕事かてくれへんのちがう?」

「そんなことないわよ。うちの社長かて、観華子は将来性があるって言うてたわ。今度のコスモレーヨンの応募メンバーにも、観華子の名前、入っとったわよ」

「ほんま？　あかん、あかん、そんなん、だめに決まっとるやないの、社長もいけずなことするわねえ。なんぼ枯れ木も山のいうても、恥かくの、分かってるやないの」

「だめなことあらへんて、コスモの専属は三人やし、可能性は充分あるわよ」

　コスモレーヨンの専属モデルは、モデルやタレントの登竜門《とうりゅうもん》といわれる。夏の水着キャンペーンのモデルに採用されたのをきっかけに、テレビ・映画の主役に抜擢《ばってき》されたケースは、これまでに数回、ある。

　ことしは、コスモのメインキャラクターとして、早くから畑中有紀子が第一候補に挙げられていた。それがあるから、事務所としても、他社から声のかかる、こまかい仕事はほとんどキャンセルして、有紀子のイメージを大事にしている。

　そんなわけで、有紀子はこのところオフの日が多い。有紀子がひまな分、観華子がカバーして、小さな仕事を拾いまくっている。

「私のために、観華子につまらない仕事ばかしさせて、ごめんね」

「なに言うてんの、私はありがたいわ。ちっとも仕事せんかったのに、ここんとこ、ぎょうさん稼がせてもろてるもの。有紀子に半分ぐらい、戻さなくてもええのかしら、思うてるんよ」

「あほやなあ、あんたって、ほんま、お人好しやねえ」

観華子は同い年だが、有紀子はときに、妹に対するようないとおしさを感じることがある。ほんまに、面倒見て上げんならんわ――と思ったりもする。

花屋でスイートピーの鉢を買っていると、有紀子の名前を呼ぶ、少し甲高い観華子の声が聞こえた。

マンションの階段に片足を載せたところで、こっちに気づいたらしい。観華子は道路越しに、口に手を当て、「電話したら留守やったので、たぶん散歩やと思ったわ」と叫んでいる。

観華子はモデルらしくない、抑えたデザインの服が好きだ。細めのフリルのついた白いブラウスと、まるでOLみたいな、地味なブルーの長めのタイトスカート、それに赤いカーディガンを羽織って、同じ赤のハイヒールを履いている。

有紀子が何か応えようとするのより早く、アリスがワンと叫んで、観華子めがけて走り出した。有紀子が油断して、小指にちょっと引っ掛けていただけの革製の紐《ひも》の端が、あっけなくはずれた。

有紀子は息も心臓も停まったかと思った。左から、かなりのスピードでつっ走ってくる車が見えた。赤いロードスターで黒いソフトトップを被《かぶ》っている。はっきりとは見えないが、乗っているのは男と女で、若い男が隣の女とじゃれあうようにして運転している。女のほうは迷惑なのか、それともふざけているのか、両手で顔を覆って身を避けていた。もっとも有紀子がそれをしっかり確認できたわけではない。有紀子は瞬間、目を閉じて「停まって！」と念じたのだ。

真っ白いアリスが、アスファルトの黒いカンバスを、刷毛《はけ》で刷くように飛び出したのにも気づく気配はなく、車は赤い風のように、そのままのスピードで通り過ぎて行った。

「キュン」というかすかな声を聞いたと思った。それっきり、何の物音もしなくなった。アリスがどうなったのか、有紀子はしばらくは目を開けることができなかった。

「きゃーっ、アリスが……」

観華子の悲鳴で、反射的に目を見開いた。アリスは車道を横切ったところで、歩道の縁石の下に転がっていた。

有紀子は足がすくんだ。足ばかりでなく、全身が硬直して、指一本、動かせなかった。すぐ目の前に、あのアリスが倒れて、ピクリともしないというのに、もうたぶん死んでしまったかもしれないというのに、有紀子は自分までが死んでしまったように、動くことができなかった。

観華子がアリスに駆け寄った。おそるおそる抱き上げて、恐怖をいっぱいに湛《たた》えた眼でこっちを見た。それから、ゆっくりと首を左右に振った。

ふいに、背中を突き飛ばされたように、有紀子はアリスに駆け寄った。車が来るかもしれないなどという配慮は、まったく頭になかった。

アリスの体は布切れのように、有紀子の掌に載せられた。まだ生温かい白い毛皮であった。外傷がないのか、血の色はどこにもなかった。

死んだことが信じられない。ひょっとすると、アリスの剽軽《ひょうきん》ないたずらで、眠りから醒《さ》めれば、またあの大きな黒い目を剝《む》いて、足元にじゃれついてくるのではないか――と、有紀子は思った。

「アリス、起きて、起きてよ……」

アリスの頰を、鼻先をつついて叫んだ。

「紐がタイヤに踏まれて、首を吊《つ》ったみたいになったのよ」

観華子が言ったが、有紀子は聞きたくなかった。

「番号、憶えておいたわ」

「アリス、起きて……」

「アベックは、ぜんぜん気がつかなかったのかしらねえ。ひどいわよね、こんな細い道、脇見《わきみ》運転するなんて」

「アリス……」

有紀子は小さく叫びながら、アリスの体に唇を押しつけ、復讐《ふくしゅう》してやる——と誓っていた。

（殺してやるわ、この怨《うら》み、必ず晴らして上げるから——）

ドッと涙が込み上げてきた。悲しみよりも怒りが強かったが、それでも、有紀子は声を上げて泣いた。

第一章　パレードの惨劇

1

朝からグズついた空模様であった。午前八時の気温は十六度、まあまあかと思われたのだが、それから、いっこうに気温は上がらず、正午近くになっても十八度という、肌寒いほどの気候だった。

「大阪が世界に誇《ほこ》る最大のフェスチバルでっせ」と、コスモレーヨンの奥田宣伝部長は、意気盛んに言った。「フェスチバル」というのが耳障《みみざわ》りだが、これでコスモレーヨンきって――というより、大阪の業界を代表する、優秀な宣伝マンなのだそうだ。

「すごいですねえ」

浅見は脚立《きゃたつ》の上に跨《また》がって、御堂筋の難波《なんば》の方角に瞳《ひとみ》を凝《こ》らした。幅四十五メートルの大通りに、車一台、走っていない情景は、少々気味が悪いくらいだ。どこかで見たと思ったら、映画の「渚《なぎさ》にて」で見た、オーストラリアの都市メルボルンの無人の風景であった。

「すごいいうて、まだこれからですがな」

奥田部長は浅見の視線の方向に気づかず、笑った。

浅見は奥田に義理を立てるように、視線の向きを百八十度、変えた。

中之島《なかのしま》の北の橋・大江橋の南詰めに、巨大な虹型《にじがた》のアーチが、御堂筋を跨いでいる。アーチの高さは中央部分でおよそ十メートルほどだろうか。その向こう側に、これからパレードに出発するフロート（山車《だし》）が、はるか梅田新道《うめだしんみち》の奥まで、見えるかぎりの道路を埋め尽くしている。

浅見にコスモレーヨンのPR誌の取材を紹介したのは、むろん『旅と歴史』の藤田編集長である。藤田は奥田の後輩で、その関係で気のきいたフリーライターを——と言ってきたそうだ。

「専属のライターが飲み過ぎて、引っ繰り返っちまったんだってさ。ひまな人間がいたら紹介してくれって言うんだ」

藤田はいつもひと言、多い。「ひま」は余計だが、正直なところ、浅見はひまがあり余るほどあったし、その反対に断る理由は一つもなかった。

ドカンドカンと花火が景気よく打ち上げられ、少年少女合唱隊によるテーマソングのコーラスがあって、大会実行委員長か何かの開会宣言があって、いよいよ「御堂筋パレード」が始まった。

最初に長崎のなんとかいう神輿《みこし》が通った。つづいて、近畿大学付属高校吹奏楽部《すいそうがくぶ》の演奏が通った。いや、そんなに早いスピードではない。パレードは、総延長四・一キロの御堂筋を、えんえん五時間半にわたってつづくのだそうである。

昔の花電車のような造り物が、車に乗っていくつも通る。車それ自体、前後左右を造花や風船やベニアの壁面で飾りたてているから、動く巨大デコレーションといった迫力がある。

美女を何人も載せた海賊船が、船べりから突き出した大砲を、威勢よくぶっぱなしながら通る。轟音《ごうおん》とともに白い煙が発射される仕組で、これが本日の白眉《はくび》かと思わせた。

しかし、あとからあとから、趣向を凝らしたフロートが続々とやって来る。鯨が天を泳ぎながらゆく。新幹線の中からリニアモーターカーが生まれ出るというのは、もちろん、JRの提供だ。

お色気たっぷりのギャル神輿、アメリカ女子大生のバトントワラーの大デレゲーションなども人気を呼んでいるらしい。

火を吐く怪獣に立ち向かう乙女の剣士などという、ちょっとした舞台劇顔負けのステージも通った。

「来た来た、あれがウチのやつでっせ」

奥田部長は伸び上がり伸び上がりして、スタートゲートの方角を指差した。

真っ白いペガサスが雲に乗ってやって来る。ゲートの高さいっぱいの、巨大なペガサスである。どういう造りになっているのか、翼をゆさゆさと羽ばたき、首を上下させる。

ペガサスの首の近くに、金色の宝冠をいただき、ギリシャ神話の女神のような白衣と、その上に虹色に長くたなびくうすものを纏《まと》った美女が跨がり、沿道の人々に向けてしきりに手を振る。

「どないです、うちのが最高でっしゃろ。これはたいがい、私の企画ですねん。それと、あのモデルはどないでっか？　来年度のわが社の総合イメージキャラクターとして、つい一昨日、契約したばっかしです。梅本観華子いいましてな、ええ子でっしゃろ、まったくの新人でっせ、もちろんバージンでっしゃろなあ、いや、確かめたわけやないですけどね、間違いおません」

部長は興奮して、よく喋《しゃべ》った。

バージンかどうかはともかくとして、梅本観華子が美しく可憐《かれん》なモデルであることは、浅見も認めた。

「一年間はうちの専属として拘束しますが、彼女には早くも各テレビ局、映画会社等から引き合いが殺到しとるそうです。コスモレーヨンの専属モデルは、過去もほとんどがスターとして成功してますさかいにな、あの子もまさに、天馬空《てんばくう》をゆくがごとしいうところでっしゃろなあ」

ペガサスのフロートには、梅本観華子のほかにも二人の美女が、雲を踏むようなポーズで、ペガサスの後ろに従っている。

「あの二人も準ミスいうところで、うちの専属になりますけど、やっぱし、こうして見ると、なんちゅうたかて梅本観華子が最高でんなあ。ほんま、ええ子や。見ときなはれや。これからどんどん活躍しまっせ」

奥田部長はそう言って、満足そうに頷《うなず》いた。

「ところで、コスモレーヨンの新製品というのは、あの虹色のうすものなのじゃありませんか？」

「え？　あ、そやそや、それを忘れたらあきまへんな。おっしゃるとおりです。あれがわが社の誇る新素材による、世界で最も軽い繊維『フリージアスロン』です。それも、必ず入れといてくださいよ」

奥田は「ははは」と笑った。

ペガサスはもう、すぐ目の前にやって来ていた。ここには奥田のほか、浅見やカメラマンなど、数人のコスモレーヨン関係者が集まっている。観華子も気付いたのか、こっちに笑顔を向けて、ひときわ高く手を振ってみせた。それに合わせるように、ペガサスも大きく羽ばたいた。

そのとき、異変が起きた。

観華子が急に笑いを引っ込め、眉《まゆ》をひそめたかと思うと、前かがみになって、両手で喉《のど》を押さえた。

「なんや、どないしたんやろ？」

奥田が不安そうに呟《つぶや》いた。

観華子はバランスを崩し、ペガサスの首筋にしがみつくような恰好《かっこう》で堪《こら》えていたが、やがて体が振り子のように大きく左右にぶれて、文字どおり天馬から放り出されるように、宙に浮かんだ。

周囲からいっせいに悲鳴が上がった。奥田の大声もかき消されるほどの、悲鳴の大合唱であった。

梅本観華子の女神は数メートル下の路上に叩《たた》きつけられ、そのままフロートの下に巻き込まれるように見えなくなった。

「停めろ！　停めるんだ！」

奥田はフロートめがけて走った。しかし、行き足がついているためか、それとも運転者が気付かないのか、さらに数メートルも進んで、ようやくフロートは停止した。

観華子はフロートの周りを飾ったスカートの中にあった。車輪で蹂躙《じゅうりん》されなかったのが、まだしも救いではあった。

後続の行進部隊は、前方で何が起こったのか分からず、ただ進行がストップしたことで当惑している。

係員があちこちから走って来た。まだ警察官の姿はない。

浅見は奥田の後ろから、いっさんに現場に走り、フロートの下に潜り込んで、最初に観華子を見た数人の中の一人となった。

幸い、車輪に轢《ひ》かれてはいなかったが、フロートのスカートに囲まれた暗い路上に、梅本観華子は仰向《あおむ》けに倒れていた。ほぼ真っ逆様に転落したのを目撃したが、それを裏付けるように、観華子の頭からは夥《おびただ》しい血が流れ出していた。

「死んでるで、これは……」

奥田が這《は》いつくばう恰好で観華子の脈を取って、言った。それから、腰が抜けたように路上に坐《すわ》り込んで、浅見を振り返った。

「どないしたんやろ、こんな、あほな……」

「貧血か、それとも何かの発作が起きたのでしょうかね」

浅見も奥田と同様、犬のように這って、観華子に近づいた。瞼《まぶた》を開けて、瞳孔《どうこう》が完全に開いているのを見た。瞼の裏が、異様に充血しているのが、気になった。少なくとも、貧血ではなさそうだ。

外側から、パレードの運営委員が顔を見せて、「どないしたんです？」と怒鳴った。

「落ちて、死にはったんや」

奥田が怒鳴り返した。「死にはった？」「まさか……」といった動揺が、外の連中のあいだで広がってゆくのが分かった。

「ともかく、パレードを停めるわけにはいかんやろ」

誰かが怒鳴った。それに異論を唱える者、行進を急がせる者、みんなが怒鳴り声で言い交わした。

「ともかく、彼女を外へ連れ出すほかはないでしょう」

浅見は奥田を励まして、観華子の死体をスカートの外へ引きずり出した。その周辺に、たちまち野次馬がたかった。

「どないしたんや」

「早く運ばんといかんで」

「救急車を呼べ」

「いや、警察だ」

いくつもの声が錯綜《さくそう》した。その中で、いつまでもパレードを停めておくわけにはいかないという結論が最優先した。

とりあえず、奥田と浅見を含む四人の男が協力して、観華子の遺体をパレードのコースの外に運び出した。

もちろん、その辺りは観客が幾重にもなって、パレードを見物しているところだ。コスモレーヨンのフロートは注目度が高かった。多くの観客は、女神がペガサスから転落した光景を目撃している。死んだのか失神状態なのか――心配と同情と怖いもの見たさも手伝って、ひと目、事故現場を覗《のぞ》き込もうという野次馬が、ひしめきあった。

警察官が駆けつけるまでは、驚くほど時間がかかった。パレードの外側の警戒は充実しているが、行進そのものの整理や警備は、大会運営者に任された状態で、警察の警備は存外手薄なのであった。

救急車はそれよりさらに遅かった。なにしろ、パレードの最中は道路の閉鎖がむやみに多い。おまけにこの人出である。人波を掻《か》き分け掻き分けしてやって来るまで、ふだんの四倍ほども時間がかかったようだ。

もっとも、救急車が来ても、ものの役に立つことはなかった。死亡を確認しただけで、あとは警察の検視がすむまで、手を拱《こまね》いているしかない。

警察はとりあえず周辺の野次馬を退け、検視官がやって来るまで、これ以上、遺体を動かさないように指示した。遺体には青いビニールシートが被《かぶ》せられ、人々の好奇の目を遮った。

パレードのほうはすでに動き出していた。観華子を振り落としたペガサスは、代役のモデルを乗せて、もうはるか遠くまで進み、背伸びすれば、ようやく頭のあたりが見える程度になってしまった。文字通り「そこのけそこのけ、お馬が通る」である。

人間の一人や二人死んでも、世の中の動きは止まらないということか。考えてみると、日本の経済成長自体、幾多の犠牲者を出しながら進撃してきたといってもいいのだ。

浅見は、完全に見えなくなったペガサスの行方《ゆくえ》を追うのを諦《あきら》めて、視線を路上に落とした。パレードの喧騒《けんそう》は勢いを取り戻したが、畳一枚分ほどの青いビニールシートに覆われた、静かな物体を眺めていると、だんだん虚《むな》しい気分に落ち込んでゆく。

2

夕刻近く、浅見は全日空ホテルに入った。いわゆる北新地と呼ばれる繁華街の、すぐ隣といっていい場所にある、比較的、新しいホテルである。部屋の窓からの眺めはよく、眼の下を堂島川《どうじまがわ》（淀《よど》川の一部）が流れ、対岸は緑の豊富な中之島、その向こうに土佐堀《とさぼり》川、北浜のビル街が一望できる。

ペガサスからの転落死亡事故があったのは、御堂筋が中之島を越える辺り、ちょうど市役所の前で、ここからだと、現場は日本銀行大阪支店の建物に隠れて見えない。

コスモレーヨンのPR誌の取材が、思いがけない展開になってきた。この分だと、パレード関係の記事は見送りということになりかねない。奥田部長も、もしかすると、そうなるかもしれない、と頭を抱えていた。

それもやむを得ない——と浅見は思った。いや、あからさまに言ってしまうと、そんなものよりも、目下のところ、浅見は事件の真相に興味が集中していた。コスモレーヨンがどうだろうと、フリージアスロンがどうだろうと、そんなものはどうでもよくなりつつあった。

ただし、コスモレーヨンにしてみると、今回のハプニングは、企業や製品のイメージダウンに、もろに繋《つな》がってくる。

もし——と浅見は思った。もしあの「事故」が、何者かによって仕組まれた「事件」だったとしたら、動機はまさにコスモレーヨンのイメージダウンを狙《ねら》ったものである可能性だって、ないことはないのだ。

しだいに興味が高まってくるにつれて、早くコスモレーヨンの関係者から話を聞きたかった。しかし、奥田はパレード出品の責任者として、警察の調査につきっきりだ。いまごろは所轄の曾根崎《そねざき》署に呼ばれて、事情聴取を受けているだろう。ほかの社員に対しても、いずれ箝口令《かんこうれい》がしかれて、誰も何も語ってくれないにちがいない。

夕刻五時のテレビでは、まず御堂筋のパレードの様子を報じたあと、そのつづきのように、あの「ハプニング」を取り上げていた。

——ところで、この御堂筋パレードの最中、進行中のフロートの一つである、大きなペガサスの上から、モデルさんが転落して死亡するという事故がありました。

事故が起きたのは、パレードの出発ゲートを出てまもなく、中之島の上にさしかかった辺りで、繊維会社のフロートである白いペガサスに跨がった、同社専属モデルの梅本観華子さん二十二歳が、突然、高さ四メートルほどのペガサスの上から道路に転落したものです。

係員が駆けつけたところ、梅本さんはすでに死亡しており、死因その他については、現在、警察が調べておりますが、大観衆の前で起きた突然の出来事だけに、一時は現場周辺は混乱し、パレードもストップする騒ぎになりました。しかし、まもなく遺体が収容されて、御堂筋パレードは、ほぼ予定どおり、午後四時ごろ、すべて終了しました。――

テレビの画面には、その事故の発生現場が映し出された。あのペガサスはパレードの中でも人気を呼んだものの一つだったから、各テレビ局がカメラに収めていたはずである。そして、まさにあの転落シーンが劇的に捉《とら》えられていた。その瞬間、カメラが大きく揺れたところをみると、カメラマンもよほどびっくりしたのだろう。

五時のニュースは放送時間が短く、それ以上の詳細は不明だった。

午後六時になると、民放各社がいっせいに「事件」を報じた。

事故そのものに関する部分は、前のニュースとほぼ似たり寄ったりだが、転落シーンをスローモーションで再現するなど、工夫してある。

さらには、見物人たちの驚きの目撃談や、奥田部長をはじめ、コスモレーヨン関係者の談話なども映し出された。

奥田は、梅本観華子がいかに魅力的なタレントであったかを語り、せっかく発掘したスターを失った損失とショックの大きさを、沈痛な表情で語った。

奥田はまた、パレードが始まる前に会ったときには、観華子はきわめて元気で、あのようなハプニングが起きるとは、夢にも思わなかったことを強調した。万一、観華子の体調が悪いのに、無理をさせたなどと勘繰られたのでは、たまらない――という気持ちがあるのかもしれない。

テレビニュースは、最後に画面に観華子の顔写真を出して、略歴など説明した。

――梅本さんは豊中市に両親と妹さんと四人で住んでいました。短大を卒業するのと同時にモデルの仕事を始めましたが、このほど、最近ではスターの登竜門とまで言われる、コスモレーヨンの専属モデルに採用され、大阪を代表するタレントとして、将来を属望《しょくぼう》されていた矢先の事故でした。——

どのテレビ局も、この時点では、まだ観華子の身内に対する、直接の取材は行なっていなかったらしい。豊中市がどんなところか知らないが、いまごろは、取材陣がいっせいに駆けつけ、いつもながらのインタビュー攻勢をかけていることだろう。

午後六時半からのニュースでは、事件の内容をさらに細かく報じた。そして、その中で、司法解剖の結果、観華子の遺体から毒物が検出されたことを伝えた。

——警察は他殺の疑いが強いものとみて、関係者から事情聴取をするなど、捜査を進めております。——

浅見はがぜん緊張した。たしかに、あのときの梅本観華子の様子は、ただの病的な発作とは思えなかった。しかし、衆人環視の中で毒物を使用して殺害したという考えが、すぐには浮かびにくかっただけに、よもや——という気持ちがあった。

しかし、カプセル入りの家庭薬が一般的になってから、中身を毒薬にすりかえるという殺害方法は、むしろ古典的な手法でしかなくなっている。梅本観華子のケースがそうだったとしても、それほど驚くには当たらないのだ。

七時からのＮＨＫニュースでは、はじめて観華子の父親に対するインタビューが報じられた。

梅本家の人々は、事故の連絡を受けて、すぐに病院へ駆けつけたということだ。その間はマスコミの手には摑《つか》まらなかったということらしい。

父親は病院の玄関先でマスコミのインタビューに答えていた。ほかの患者たちの迷惑になるから、という配慮から、自主的にそうしたとのことだ。そういう点から見て、なかなかの人物と思ってよさそうだ。

父親は取るものも取りあえず、駆けつけたにちがいない。とてもよそ行きとは思えない、粗末な服装をしていた。

愛する娘を失った衝撃は、どれほどのものか計《はか》り知れない。それにもかかわらず、父親は、泣き腫《は》らした目は痛々しいものの、語り口調はしっかりしたものだった。

娘はきょうのパレードを楽しみにしていました。けさ、家を出るときもふだんどおりで、まさか、こんなことになるとは、考えてもおりませんでした。明るい性格で、優しい子でした。

父親はそういったことを話した。

報道陣のほうは、相も変わらず、お嬢さんを殺されたいまのお気持ちは？　などと、愚にもつかないことを訊《き》いている。

こうして、御堂筋パレードの「事件」のニュースは、ひととおり終了した。

浅見は、すっかり忘れていた空腹を思い出した。奥田が晩飯を一緒に――と言っていたのだが、このぶんだと、どうやらあてになりそうにない。

さて食事に出掛けようかというとき、まるでそのタイミングを計ったように、コスモレーヨンの社員から連絡が入った。

「奥田部長が、いまそっちへ向かっておりますので、ホテルでしばらくお待ちください」

と言っている。

それからまもなく現われた奥田も、食事どころではなかったらしい。ついさっき別れたばかりだというのに、何日も絶食していたような、げっそりした顔であった。

「やあ、すっかりほっぽらかしにしてしもうてから、申し訳ありまへんなあ」

奥田は大阪人らしく、めげないところを発揮した。

「食事、まだでっしゃろ、ちょっと遅くなりましたが、これからふぐの旨《うま》い店に案内しましょう」

口だけは元気そうに言って、待たせてあったハイヤーに乗った。

御堂筋を南へ走り抜け、夜でさっぱり方角が分からない道を、十五分ばかり走った。奥田の話によると、なんでも住吉《すみよし》とかいう方へ向かっているのだそうだ。

車が停まったところは住吉の手前で、東京でいうと、北千住《きたせんじゅ》か錦糸町《きんしちょう》のような、下町ふうの街だった。

だだっ広い表通りから横町を入ったところに、ちょっと小ざっぱりした日本料理店があった。

「ここはふぐしか食わせない店です」

奥田は自慢そうに言って、暖簾《のれん》をはねのけた。すっかり顔馴染《なじみ》らしく、出迎えのおばさん連中に代わる代わる声をかけられ、いよいよ得意になっている。この分だと、昼間の悲劇など、忘れてしまいそうだ。

奥田は「いつものやつ」と頼んでおいて、三階の小座敷に上がった。

「えらいことになりましたなあ」

奥田は眼鏡をはずし、おしぼりで顔を拭《ふ》きながら、ようやく情けない声を出した。

「あれから警察に行って、事情を説明するのに、えらい苦労でした」

「遺体から毒物が検出されたそうですね」

「それそれ、それですがな、解剖の結果、服毒死だと分かったのやそうで、それが判明したとたん、まるでわたしが犯人でもあるかのように、いろいろ訊かれましてなあ、えらい目に遭《お》うたです」

「警察はすでに、殺人事件と断定したのでしょうか？」

「いや、まだ自殺の可能性もある言うてましたが、しかし、たいがい殺されたいうふうに思うとるのとちがいますか。だけど浅見さん、あの状態で、どないして毒殺でけたか、分かりますか？」

「ええ、それはたぶん、カプセル入りの薬を使ったのじゃありませんか？」

「えっ？　よう分かりますなあ……」

奥田は感心した。してみると、推理小説などというものは、あまり読まないらしい。

「それよりも、殺害の動機ですが」と浅見は言った。

「梅本観華子さんには、殺されるような背景があったのでしょうか？」

「とんでもない、ありませんよ……と言っても、わたしは彼女のことについて詳しいわけではないですがね」

「しかし、奥田部長さんは、たしかに彼女はバージンだとかおっしゃっていませんでしたか？」

「いや、あんた、あれはただ、そうやないかと思っただけで……冗談やないですよ、そんなことを警察に言うたりせんでください」

「ははは、言いませんよ」

浅見は笑い、奥田も一緒になって笑い出した。

料理が運ばれ、まずはお疲れさまと、ビールで乾杯した。

食い倒れというけれど、大阪の食べ物はたしかに旨い。お好み焼きとうどんとふぐは、東京の追随を許さないものがある。奥田が自慢しただけのことはあって、こんな場末のようなところの店にもかかわらず、次から次へと出てくるふぐのコースは、味もボリュームも満足できた。東京ではこうはいかない。浅見は大いに堪能《たんのう》した。

「それにしても、ええ子やったのに、惜しいことをしました」

奥田は酒が入って、張り詰めていたものが緩《ゆる》んだせいか、わずかに涙ぐんだ。

「それよりも、コスモレーヨンにとって、ショックが大きいのではありませんか？」

「それですがな、まさに浅見さんの言うとおり、わが社としては、来期の宣伝方針は、すでに彼女を中心とした戦略を設定して、具体的な広告物の制作まで、とりかかっておりますからなあ。それをまた、一からやり直さなければならん、いうわけですわ。経費の問題はもちろんやが、それ以上に、方針変更の作業に要する時間を考えると、えらいことなのです。それに、この事件によって、わが社のイメージダウンが生じるいうこともあり得るわけでしてなあ」

奥田は話しているうちに、しだいに滅入《めい》ってきた。

「まあしかし、娘さんを亡くした親御さんの気持ちを思えば、諦めないかんと思ってはおりますけどな」

「テレビにお父さんが出ていましたが、なかなか立派な人物のようですね」

「そうですなあ、私も会いましたが、会社に迷惑をかけて申し訳ない——と、かえって詫《わ》びを言うておられた。こっちが恐縮したほどでした」

奥田は言い、このあと、梅本家のお通夜に行くと言った。

「僕もお供させていただけませんか」

浅見は言った。

「はあ、それはいっこうに構いませんが」

奥田は怪訝《けげん》そうに浅見を見た。

「しかし、何も浅見さんがそこまでせんでもよろしいが」

「いえ、あのお父さんを見て、お会いしてみたいと思ったのです」

浅見は神妙な顔で言った。まさか、事件に興味を惹《ひ》かれた——とは言えない。

3

ふぐ屋を出たのは十時近かった。豊中までは、大阪の中心から新御堂筋を車でわずか二十分ほどの距離であった。もっとも、奥田の説明によると、ラッシュ時の渋滞《じゅうたい》は猛烈で、ことに上り線の朝のラッシュに引っ掛かると、豊中から都心部まで、一時間半でも着かないのだそうだ。

新大阪駅の横を過ぎてまもなく、千里《せんり》ニュータウンの灯が見えてくる。

千里ニュータウンは、一九七〇年に開かれた万国博覧会とほぼ同時期、大阪北部の千里丘陵に、日本最大規模の住宅団地として建設された。当時の計画人口は十五万人だったそうだが、その後の家族構成員数の減少傾向によって、現在はおよそ十二万人、それにしても巨大都市だ。

万博もそうだが、千里ニュータウンといい、大阪の高速道路のだだっ広いことといい、関西財界人がその気になってかかると、その事業のスケールの大きさには瞠目《どうもく》すべきものがある。

車は高速道路を降りると、千里ニュータウンの灯りの方角へ向かうように思えたが、あとはどこを走っているのか、浅見は分からなくなった。

着いたところは閑静な住宅街であった。芦屋《あしや》の高級邸宅街ほどではないにしても、かなりの敷地をもった屋敷が並んでいて、もの寂しい雰囲気さえ漂う。

そういう街の一角に、梅本家はあった。

門を入ると、玄関前にあかあかと電灯がともり、にわかづくりのテントの下に受付のテーブルが出ていた。

時刻はすでに十一時になろうとしていて、訪れる弔問客の姿は見えなかった。奥田と浅見は玄関を入った。奥田は黒ネクタイと黒い腕章を用意してきたが、浅見はスポーツシャツにブルゾン姿だ。腕章だけはつけたが、どことなくマスコミの人間の臭《にお》いが滲《にじ》み出るのはやむを得ない。

なかなか大きな家であった。玄関を入ったところに六畳ばかりのホールがあって、そこから右へ行く廊下がある。ホール正面のドアを入ったところが応接室で、弔問客の屯《たむろ》する場所になっているらしいのだが、すでに引き上げたあとなのか、それともこれから深夜になると、また新しい客が来るのか、ここには誰もいなかった。

応接室を抜けると、三十畳はありそうなリビングルームだ。本来は洋間なのだが、椅子《いす》やテーブルを取り除いて、真新しいカーペットを敷き詰め、壁際に座蒲団《ざぶとん》を並べたそこには、客が十人ばかりいて、小声で何か話している。

正面に祭壇が設《しつら》えられてある。観華子の遺体を収めた柩《ひつぎ》が、金襴《きんらん》の布をかけ、最上段に安置されていた。祭壇の脇《わき》に観華子の両親と妹が坐り、客の悔やみに応えている。

新しい客に気づいて三人はいっせいにこっちを見た。遺族にしてみれば、奥田の顔を見たことで、華やかなスターの座から文字どおり「転落」してしまった観華子を、あらためて思い出すのだろう。また新しい涙を誘ってしまった。

奥田と浅見は祭壇前に額《ぬか》ずいて焼香をすませると、遺族の前に行って挨拶《あいさつ》した。二人ともあまりよく聞き取れない悔やみを述べ、それから奥田が浅見を紹介した。「パレードを取材していただいていた……」というようなことを言ったが、遺族が理解できたかどうかは疑わしい状態だった。

父親はさすがに比較的に落ち着いていて、「わざわざどうも……」と客に礼を言った。

「つい先程、警察にお願いして遺体を戻してもらいました。これで観華子も安心したことでしょう」

泣かせることを言って、自分も涙ぐんでいる。ふつうは解剖から遺体が戻るのは翌日になるのだが、父親としては、一刻も早く娘を返してもらいたかったのだろう。それにしても、死因が死因だし、遺体が戻っていなかったのでは、通夜の客が少ないのもやむを得ない。

奥田が父親と話し込んでいるので、浅見は部屋の片隅に座を占め、それとなく遺族や弔問客たちの顔触れを眺めた。

祭壇の両サイドには供花がいくつも並んでいた。コスモレーヨンのものもあるし、観華子が所属していたタレントプロなのだろう、「井坂プロモーション」の名前もあった。

通夜の客の中に、どうやらその井坂プロの観華子の仲間たちもいるらしい。黒いドレスばかりだが、ひと目見てそれと分かる、ちょっと素人《しろうと》ばなれした美人が三人、長い脚をくずした、ややしどけない恰好で、窮屈そうに坐っている。コンパクトを覗《のぞ》き込んで、涙で崩れた化粧を気にしたり、額を突き合わすように前屈《まえかが》みになって、ボソボソと囁《ささや》き交わしたりしている。

奥田は遺族への挨拶を終えると、今度は美人たちに向かって挨拶を始めた。それが終わると、彼女たちの隣にいる銀髪の紳士に、何やら低い声で話しかけた。その紳士がどうやら美女たちが所属する井坂プロの社長らしい。

そのうちに、奥田と紳士は連れ立って隣の応接室に移った。浅見も少し遅れて、腰を上げた。

応接室には、いぜんとして、客はほかにいなかった。浅見は、奥田と紳士がソファーに坐ったばかりのところに近寄って、「失礼ですが」と言った。

「井坂社長さんですか?」

「はあ、そうですが……」

井坂は驚いた目で振り向いた。奥田が慌てて浅見を紹介した。いくぶん迷惑そうな顔をしている。

「警察の事情聴取はいかがでしたか?」

浅見は訊いた。それがまた、井坂には驚きだったようだ。

「あの、こちら、どういう?……」

奥田に訊き直している。

「浅見さんの本業は、フリーのルポライターなのだそうです」

「あ、さようで……」

ルポライターと聞いて、とたんに井坂は警戒したらしい。余計なことを言って、週刊誌ネタにでもされては迷惑だ——という顔であった。

「警察はたぶん、モデルさん仲間に対して、まず関心をいだくと思いますが」

浅見は相手の思惑に構わず、言った。

「そう、そうなのですなあ」

井坂は大きく頷いた。

「何だかよく分からないのですが、観華子に対して妬《ねた》みを持つ仲間の者はいないかとか、そういう質問を、しつこいくらい、繰り返しましてねえ」

「まだ、彼女たちには、直接、事情聴取をしてはいないのですね？」

「ああ、それはまだです。いや、そんなことをされたら、たまったものじゃありませんけどね……ほんとうに、警察は彼女たちを調べるつもりですかねえ？」

「もちろんそうするはずです」

「はあ……」

井坂はマジマジと浅見を見つめた。

「失礼ですが、あなた、だいぶ、警察のことに詳しいようですね」

「ええ、口はばったいようですが、警察の捜査の実体については、知らないことはありません」

浅見にしては珍しく、大見得《おおみえ》を切った。ここで売り込んでおかないと、事件の渦中に入り込めなくなると思った。

「うーん……そうしますと、警察は今後、どのような調べ方をするものでしょうか？

仕事に影響が出るような、理不尽なことをやられたのじゃ、たまりませんのでねえ」

「明日あたりから、内偵と事情聴取を始めて、殺された梅本さんとの利害関係がなかったかどうか、探り出そうとするでしょうね」

「利害関係……」

「ええ、ですから、梅本さんが今回、コスモレーヨンの専属タレントとして抜擢《ばってき》されたことを妬んでいなかったかとか、あるいは男女関係のもつれだとか、金銭の貸借関係がなかったかとか、です。ことに仕事上の足の引っ張りあいなんてことがあれば、疑惑をいだくにちがいありません」

「そんなもんですかねえ」

「梅本さんと、コスモレーヨンの専属タレントの椅子を争ったモデルさんは、現実にいたのではありませんか?」

「それはまあ、もちろん、いますけどね。しかし、だからって……」

そのとき、廊下側のドアが開いて、若い女性がお茶を運んできた。井坂は慌てて会話を中断して、「やあ、有紀ちゃん、悪いね」と、彼女のほうに笑顔を向けた。

「有紀ちゃん」と呼ばれた女性は、ほんのかすかに笑顔を見せただけで、黙って、テーブルの上にお茶と干菓子を置いた。家族に代わって、お茶の接待をしているらしい。美しい容姿や、井坂の声をかけた様子からいって、やはりモデル仲間かと思われるが、隣室にいた三人の中には、彼女の姿はなかった。喪服は喪服だが、どことなく華やいだ気配を感じさせる女性だ。

「あ、あなた、たしか……」と、浅見は彼女の横顔を見て、思い出した。「ペガサスのフロートに乗っていた、女神の一人ですね？」

「はあ」

女性はわずかに頷いた。

「この人はね浅見さん」と奥田が言った。「畑中有紀子さんといって、わが社の専属モデルとして、来期の契約をさせてもらった、三人のうちの一人です。梅本さんとは幼馴染だそうですよ」

「なるほど、そうしますと、コスモレーヨンのイメージキャラクターとしては、いわゆる準ミスにあたるわけですね？」

「ん？　ああ、まあそういうことになりますかなあ」

奥田は困った顔をした。

畑中有紀子も、鼻白んだ様子で、黙礼すると、部屋を出て行った。

「浅見さん、まさか、あなた、彼女がどうのとか、そういうことを言われるのではないでしょうね？」

井坂は小声で言って、気づかわしそうに、浅見の顔を覗き込んだ。

浅見は、「さあ……」と、曖昧《あいまい》な微笑を浮かべながら、首をひねって見せた。

4

曾根崎《そねざき》警察署内に「御堂筋パレード殺人事件捜査本部」が設置されたのは、その夜の午前零時であった。

梅本観華子の服毒死が、はたして「自殺」なのか「他殺」なのかを判定するのに、手間がかかった。結局、家族や友人などから事情聴取を行なった結果を総合して、観華子には自殺する動機がなかったと判断し、捜査本部設置の運びとなった。

使用された毒物は青酸化合物で、カプセル容器に仕込んであったものと考えられる。胃の中で溶解するやいなや、爆発的な効果を発揮したにちがいない。

観華子の所持品を調べたところ、小物入れの中に、化粧道具と一緒に何種類かの市販薬が入っていた。その中に、小さなビンに入った、カプセルタイプの風邪薬と胃腸薬があった。そのいずれかに、毒物入りのカプセルを混入させておけば、いつか観華子は、それを服用することになったはずだ。

「要するに、被害者の小物入れに、毒物を仕込むことのできる人物が、すなわち犯人というわけですな」

大阪府警捜査一課の西村警部が、つまらなそうに、欠伸《あくび》を嚙《か》み殺しながら、言った。

単純な犯行である。梅本観華子に怨《うら》みをいだき、かつ、観華子がカプセル入りの薬を常用していることを知っていて、しかも彼女に接近し、薬を混入させるチャンスを有する人物――となると、ごくごく狭い範囲内に限定される。

西村は大阪府警の中では、ちょっと知られた男である。ずっと刑事畑を歩いてきて十六年、過去に数多くの難事件を解決して、府警本部長賞を受けること十二回という経歴を誇る。

その西村にしてみれば、こんな単純明快な事件では、いささか食い足りないといったところだ。

「まあ、そう言わんで、うちの署でこれまでに調べた結果を聞いてみんかね」

曾根崎署長の城山が、半分、慰めるように言った。

梅本観華子の家族に対する事情聴取の結果は、彼女が他人に怨まれるようなことについて、まったく思い当たるものがないという結論しか出てこなかった。

もっとも、関係者に事情聴取をした場合、そんなふうに、何が原因なのか分からない——という証言を得ることは、そう珍しくはない。通り魔のような、一種の災難の場合はもちろんだが、どうみても怨恨《えんこん》としか考えられないような殺され方をしたケースでも、家族や関係者に、まったく心当たりがないということは、けっこう、多いものだ。

誰もその原因に思い当たるものがなくても、現実に人は殺される。人にはそれぞれ、ほかの人間の窺《うかが》い知ることのできない世界があるということなのだろう。

梅本観華子の父親は、豊中市で特許事務所を経営している。

「いわゆる弁理士いうヤツですな」

事情聴取に当たった戸川という部長刑事が、少し下品な口調で言った。

「父親の代からの事務所で、かなり繁盛しとるようです。収入も年に三、四千万はあるようやし、まあ、かなりの金持ち言うてもええのとちがいますか」

「その娘が、モデル稼業をやっていたいうわけかね」

西村警部はようやく興味を惹かれた――というように、戸川に顔を向けた。

「はあ、そこのところ、自分も訊いてみたのですが、親は娘のすることに干渉はせん主義やったそうです。こういう結果になったからいうて、その方針が間違《まちご》うとったとは思わない、言うてました」

「それは負け惜しみとちがうか」

「そうかもしれません」

「いずれにしてもや、被害者にしてみれば、経済的な理由で、そういう、なんちゅうのか、タレント業いうのかモデル業いうのか、とにかくそういう仕事をしとったというわけではないのやな。優雅なもんやねえ」

その「優雅」なところが、西村には気に入らない点であった。

「どないやろか、ああいう仕事をしとる連中いうのは、みんながみんな、優雅にやっとるとは思えんのやが」

「そらそうや思います、同じ事務所に所属するタレントの中には、苦労しとる者もいてはると思いますよ」

「だとすると、そういう仲間からすれば、被害者の存在は妬《ねた》ましかったやろな。それが殺意に結びつくいうことかて、考えられるかもしれんね」

「はあ、その可能性は充分ある、思います」

「異性関係はどうなっとるのかね」

「それについては、家族も事務所側も、まったくないだろうと言うてました」

「え？　恋人もボーイフレンドもいてへんいうのかね？」

「まあ、ボーイフレンド程度のことはあるかもしれませんが、いわゆる情交のある恋人はないと断言しておりました」

「ほんまかねえ、もし事実だとしたら、近頃としては珍しいなあ。あんだけ美人で、男どもが放っておくわけはないし、だとすると、本人がえらい堅いおなごやったいうことやろかなあ」

「そのようです。今回、来年度のコスモレーヨンの専属モデルに採用するにあたっては、あらかじめ素行調査めいたものを行なっておるいうのですが、それにも合格したいうことでした」

「そうなると、いよいよタレント仲間関係に絞られるいうわけやな。ええでしょう、まずそこから取り掛かりますか。いや、動機といい、毒物を仕込むチャンスがある点といい、どうやら、その辺りで事件は解決してしまうのやないかな」

西村はそう言って、大きな欠伸《あくび》をした。第一回目の捜査会議は、その方針が出たところで終了した。そのときの雰囲気では、西村警部の言葉どおり、あっさりと事件が解決してしまいそうな気配が濃厚であった。

同じころ、梅本家に怪しい電話がかかっていた。

電話が鳴って、受話器を取ったのは、観華子の妹の繭子《まゆこ》であった。

電話は男の声で、「もしもし、梅本さんのお宅ですか」と、いくぶん喉を押さえたような喋り方をした。

「はい、そうですけど」

「あんた、誰ですか?」

「私は……」

繭子はふと警戒する気分になって、「あの、どちらさんですか?」と訊いた。

「僕は……そやね、怪人二十一面相ということにしておきますか」

「そんな……いたずらですか？」

「いや、いたずらやないですよ。電話を切ったらあきまへんよ」

「そしたら、何の用事ですか？」

「だから、あんたはどなたですかと訊いているでしょう」

「私は……私は妹です」

「ああ、妹さんね、それならよろしい」

「そちらはどなたですか？」

「そやから、怪人二十一面相言うたでしょうが」

「そんな……いったい、何がおっしゃりたいのですか？」

「あのですね、僕は、梅本観華子さんを殺した犯人が誰か、知っている、いうことを言いたかったのです」

「えっ……」

　繭子は驚いて、両親のいる方向を振り返ったが、誰もこっちの様子に気づく者はいなかった。

「あの、それ、犯人て誰なんですか？」

「いまは言えません」

「どうしてですの？」

「言うて欲しかったら、金を用意してくれませんか」

「お金？」

「そうです、現金でたった一千万円でよろしい。用意でけたら、犯人の名前、教えます。そしたら、また電話します。あ、そうそう、このことは警察には言わんように。もっとも、警察に知らせたところで、何にもなりませんよ。べつに身代金を取ろうとか、脅迫しようとかいうのではありませんのでね」

電話はプツンと切れた。

繭子は急いで両親を奥の部屋へ引っ張って行った。

「それはいたずら電話とちがうか？」

父親は眉をひそめて、言った。

「私もそう思ったけど、向こうはそうやないって言うてるのよ」

繭子は息を弾ませながら、言った。

「しかし、怪人二十一面相なんていう、ふざけた名前を使うのは、いたずらとしか思えんなあ」

「ほんまやわ」と母親も頷いた。

「そういう、ひとの不幸に付け込んで、いたずらをしたり、あわよくばお金にしようという人はいるものなのよ」

「だけど、もし真面目《まじめ》にいたずらする……というのもおかしいけど、ただのいたずらやったら、そんな名前を使うかしら。私は違うと思うわ。ほんまに犯人の心当たりがあって、だからこそ、それでもってお金にしよう、思ってるのやないかな」

「いずれにしても悪いやっちゃな。警察に連絡しといたほうがええな」

「あ、それ、あかん言うてたわ。警察に言うなって。それに、警察に言うても、べつに身代金を取ろういうわけやないし、脅迫しているわけでもないって」

「なるほど、それもそうやな、そしたら、どないしたらええのかいな……」

　三人はそれぞれの顔を見合わせた。祭壇のある部屋はひっそりと静まり返って、奥の様子を窺っているように思えた。

第二章　アリスの幽霊

1

犯人の名前を教える——という「怪人二十一面相」からの電話は、まず井坂に伝えられた。

井坂は観華子の所属するタレントプロの社長だから、そういうことになるのは当然かもしれないが、井坂本人にしてみれば、厄介な問題だ。

「警察には知らせるなと言うのですね？」

「はあ、そうです。脅迫でも何でもないのやから、警察に知らせても無駄や、いうことのようです」

観華子の父親は不安そうに言った。

「たしかにそのとおりですが、しかし、それは脅迫にはならないとしても、何かの罪になるんと違いますかな。たとえば、犯人秘匿罪《ひとくざい》とかですね」

「なるほど、そうですな、そういうものがあるのかもしれんですね。そしたら、やっぱし警察に連絡したほうがよろしいのでしょうかな」

「うーん……そうは言っても、相手がそれでヘソを曲げてしまったら、それっきり犯人の名前は分からないことになりかねませんからねえ」

「かといって、一千万もの大金を出さななららん義理はないでしょう」

「はは、義理というのはおかしい……」

笑いかけて、井坂は笑っている場合ではないと気がついて、慌てて無理やり顰《しか》めっ面を作った。

「そうだ、向こうにいるお客さんの中に、妙に警察の捜査のことについて詳しい人物がいますから、その人にそれとなく訊《き》いてみましょうか」

「どなたさんですか？」

「東京から来ている浅見という人です。なんでもルポライターをやっているとか言ってました」

「大丈夫ですか、そんな人に話をしても」

「いや、ですから、それとなく、分からないように訊いてみますよ」

井坂は応接室に戻って、奥田と浅見に、世間話のように言った。

「どうなんでしょうかね、自分が殺人犯人を知っていながら、警察に届けないでいる場合には、犯人秘匿だとか、何かの罪になるものですかねえ」

「はあ？　何ですか、それ？」

奥田は怪訝《けげん》そうな顔をした。

「いや、ですからね、たとえばの話ですよ。そういうことをした場合、どうなるものかと思いましてね」

「ふーん……なるほどねえ、どうなるのかなあ？……」

コスモレーヨンの宣伝部長として、いろいろ法律的なことにも通じているはずの奥田だが、さすがに殺人事件だの、犯人秘匿だのという犯罪までは手が回らないらしい。

「浅見さんは知りませんか？」

井坂はさり気なく浅見に質問の矛先《ほこさき》を向けた。

「どのくらい要求してきましたか？」

浅見はいきなり訊いた。

「は？」

「密告者は謝礼を要求してきたのでしょう？　その金額はどれくらいですか？　百万……いや、最初は一千万ぐらいから切り出すものでしょうかねえ」

井坂は唖然《あぜん》として、浅見のすました顔を見つめてしまった。

「浅見さん、まさか、あんた……」

「は？……えっ、冗談じゃありませんよ、僕が恐喝者の仲間じゃないかと思っているのですか？」

「えっ、驚きましたなあ……あんた、何でも見通してしまうらしい」

井坂は呆《あき》れて、苦笑した。

「じつはですね、たしかに、浅見さんが言うとおり、何者かが電話してきて、犯人を教えてやると言っているのだそうです」

「えっ？　ということは、ほんまに犯人を知っているいう人間がいるのでっか？」

今度は奥田が驚いた。

「ほんとうかどうかは分かりませんけどね、犯人を知っているという電話をかけて寄越した人間がいるのは、ほんとうのことです」

「男ですか？　女ですか？」

「男の声です。どこの誰《だれ》とも名乗りはしなかったようですが、梅本観華子さんを殺した犯人を知っていると言っておったというのです。それで、もし犯人の名前を知りたければ、一千万円を用意しろと……まさに浅見さんが言った金額ですなあ」

「なるほど……うーん……よう、そんな金額のことまで、分かりますなあ」

奥田は白眼を剝《む》き出して、浅見に露骨な疑惑の視線を向けた。

「そういう疑いの目で見ないでいただきたいですねえ」

浅見はなかば冗談、なかば本気で怒った顔をしてみせた。

「しかし、そうは言うが浅見さん、あんたどうして一千万円なんちゅう金額を、ズバリ言い当てたりできたんです？」

「あははは、それは僕の貧しい金銭感覚の証明みたいなものです。奥田さんだったら、たぶん一億円ぐらいのことをおっしゃるのかもしれませんが、僕風情では、せいぜい吹っ掛けてもその程度です。それで結局、百万ぐらいでももらえればいいかなと、そんなところじゃないでしょうか」

「ふーん……」

ほんとかな——という目で、奥田も井坂も浅見の顔を眺めている。

「しかし、犯人を知っているいうのは、ほんまですかなあ？　かりに知っとって黙っとるとしたら、けしからんやっちゃな」

奥田は首をひねりながら憤慨した。井坂は大きく頷《うなず》いた。

「そのことを言っているのですよ。かりに知っていたとして、警察に届けなかったら、罪になるのとちがいますかなあ？」

「いや、それはならないはずですよ」

浅見は言った。

「うろ憶《おぼ》えですが、『犯人蔵匿罪《ぞうとくざい》』というのと『犯人隠避罪』というのがありまして、蔵匿は場所を提供して犯人を匿《かくま》うこと。隠避はそれ以外の犯人秘匿の罪をいうのですが、単に犯人を知っていて、黙っているだけでは罪に問われないのだと思います」

「そうでっしゃろなあ」

奥田が頷いた。

「そうでないと、中国みたいに密告が横行しますさかいな」

「なるほどねえ、浅見さんの言うとおりだとすると、電話してきたやつが言っていたことは正しいというわけですか」

「ただし、それをタネに金をせしめようということになると、問題かもしれません。少なくとも、公序良俗に反する行為ではあるのですから」

「かといって、それだけじゃ大した罪にはなりそうにありませんな」

井坂は憂鬱《ゆううつ》そうに、奥のほうに視線を転じた。奥はひっそり静まり返っている。

「気の毒にねえ、娘さんを亡くした上に、恐喝じみたことまでされて……」

「まったく、ひどい話ですね」

浅見も憤慨した。

「それにしても、どういう素性の人間なのか、それだけでも分かると、タレ込みの人物の見当はつくし、そこから犯人の手掛かりもキャッチできるかもしれませんね」

「ほんまでっか?」

奥田は真剣な目になった。

「それやったら、ご遺族の話を聞いて上げたらどないです?」

「その前に、ご遺族の意向を確かめなければなりませんよ。警察に届けるつもりなのか、それとも内々にことを運ぶつもりなのか」

「そうですなあ、そこのところの真意を確かめてみましょうかな」

井坂は奥へ行って、梅本家の人々の意向を打診してきた。

「警察に知らせるのは、しばらく見合わせると言ってます。警察に知らせて、犯人の手掛かりを失っては、元も子もなくなってしまうという気持ちでしょうな」

「分かりました、それじゃ、われわれ三人で話を聞いてみましょう」

浅見は立ち上がり、井坂の後について奥の座敷へ向かった。

奥田は一瞬、図々しいやっちゃ——という目を浅見に向けたが、さりとて反対する気もなく、浮かない顔でついて来た。

廊下で畑中有紀子とすれ違った。有紀子は廊下の端に寄って、三人をやり過ごしたが、井坂と奥田のほかにもう一人いる若い男が気になるらしかった。

浅見が奥の部屋に入る寸前、ほんの一瞬振り返ったとき、彼女はまださっきの場所に立って、こっちを見ていた。

2

通夜の席に戻ると、仲間たちはいっせいに会話を中断した。なんだか自分のことを噂《うわさ》されていたような気がして、有紀子は不愉快だった。

実際、そういう気がしただけでなく、彼女たちの口の端に、自分の名前が出たであろうことは、容易に推測できた。

祭壇のロウソクが消えかかっているのを直して、ついでに線香を三本立ててから、有紀子は仲間たちの輪に入った。

ほかの弔問客たちは大方引き上げて、お清めの酒に酔った老人が二人、座蒲団《ざぶとん》を枕《まくら》にして、いびきを立てて寝ている。部屋の中は暖房がよく効いて、眠気を誘う温かさだ。

「いま、社長と奥田さんと、さっきお焼香していた、若い刑事みたいな人が奥のほうへ行ったわ」

有紀子は新しいニュースを報告した。

「ふーん……じゃあ、だんだん私たちのところにも、刑事がやって来るかしら？」

友納《とものう》未知《みち》が眉《まゆ》をひそめて言った。あまり際立った美人でもなく、プロポーションもさほどでもないけれど、喋《しゃべ》りがきくのでテレビ関係には人気のあるコだ。

「いやだなあ、そうでなくとも、うちの親はもうタレントなんか止《や》めてしまえって言ってるのよね。誰がやったのか知らないけど、早く犯人が捕まってほしいわ」

「この中でいちばん先に疑われるのは、まず私でしょうねえ」

有紀子は腰を下ろすやいなや、みんながさっきまで噂しあっていたであろうことを、ズバリと言ってやった。

「まさか……」「やだあ……」という反応があった。内心は「そうよそうよ」と言いたいくせに――と、有紀子は腹立たしかった。

疑っているのはこの連中ばかりではない。警察だっていずれはやって来るだろう。

（だけど、それが何よ――）

有紀子は、何がこようと平気だわ――と胸のうちでうそぶいた。

「だってさあ、観華子をいちばん恨んでいる人間が犯人だとしたらさ、それはやっぱり私っていうことになるもの」

「そんなん、言わんといてな」

有紀子と仲良しの正木雛美《まさきひなみ》が悲しそうに言った。彼女もあの日、準ミス格で、ペガサスに跨《また》がった観華子に従っていた。観華子とほぼ同期に業界入りしたが、歳はまだ二十前《はたち》だ。ファッションモデルとしてはやや小柄だが、可愛いキャラクターの持ち主で、将来はドラマなどで活躍しそうだと言われている。

この連中の中で、唯一、私の悪口を言わないのは、雛美ぐらいなものだ——と有紀子は思った。

「だって、あのパレードの最中、観華子さんが落ちたとき、有紀子さんだって私だって、ペガサスの下でポーズを作っとって、ぜんぜん動けなかったでしょう。そんな、殺すやとか、できませんよ」

「そんなこと言うたら、誰かて殺せへんやないの」

井坂プロモーションではもっとも古参格の八雲克子《やぐもかつこ》が、片頰に皮肉な笑みを浮かべて言った。三十六歳と称しているけれど、すでに四十の坂を越え、いまはミセス関係の雑誌に主に出ているのと、テレビのチョイ役に出演している程度の、落ち目な女だ。

「御堂筋の両側を埋めた観客の目の前で、ペガサスに跨がった美女をどうやって殺したのか――いうところが問題なんよ。言うたら完全犯罪やね」

　ミステリー好きの克子は、他人の不幸を楽しんでいるように、目をキラキラさせて、ほかの三人を眺め回した。

「やめましょうよ、そんな話。仏さまの前でするような話と違いますよ」

　雛美は遠慮がちに、先輩を窘《たしな》めた。

「仏さまの前いうより、有紀ちゃんの前って言うたほうがええのとちがう？」

　克子は絡《から》んだ。少しアルコールが入っているのかもしれない。

「あら、それ、どういう意味ですか？」

　有紀子も、放っておけばいいのに――と自分で思いながら、黙っているわけにもいかなかった。

「どうって、有紀ちゃんが自分で言うたやないの、私がいちばん疑われる言うて。そやから、そういうひとの前で、事件の話をするのは気の毒や、いうこと」

「私はいっこも構いませんけど」

　有紀子は「落ち目」の克子に「気の毒」と同情めいたことを言われたのが、カチンと癇《かん》にさわった。

「ただね、やっかみ半分にあらぬ噂を立てられんように——いうことだけは考えていますけどなあ」

「誰のことやの、やっかむいうのは。それに、あらぬ噂やなくて、有紀ちゃんに観華ちゃんを殺す動機があるいうのは、ほんまのことやし」

「そうよ、そやから言うてるでしょう。いちばんに疑われるのんは、私やて。観華ちゃんがいてへんかったら、あのペガサスに乗っとったんは、私やもんねえ」

「それじゃ……」と、未知がギョッとしたように言った。

「あそこで死んでいたのは、もしかしたら、有紀子さんかもしれなかったっていうことですか？」

「えーっ、うそ……」

雛美が掌《てのひら》を広げて、口を覆《おお》った。

「まさか、ペガサスに乗ったからって、必ず殺されるいう運命にあったわけやないでしょう」

克子が笑った。

「たとえばよ、私なんかみたいなオバンがペガサスに乗ったかて、誰も殺したりしてくれへんでしょう」

「そんなことはありませんよ」

　未知が言った。

「あら、そんなことないって、それはどっちやの？　オバンやないいう意味？　それとも殺されるかもしれんいう意味？」

「………」

　未知は黙り、場はいっそう白けた。

　有紀子は、克子こそ殺されて当然な女なのだ——と思った。もちろん、口には出さなかったけれど、そういう有紀子の気持ちは、克子を見る彼女の目から迸《ほとばし》っていたかもしれない。

「ねえ、ここにいつまでいなければいけないのかしら？」

　未知が声をひそめて、訊いた。

「明日……じゃない、もう今日だわ。午後からスタジオ入りしなきゃいけないのよね。こんな寝不足したら、お化粧の乗りが悪くて、叱《しか》られちゃうわ」

　正木雛美も気がねそうに「私も失礼してええかしら、明日は仕事やし、それに、父が早う帰れいうてうるさくて……」と腰を浮かせた。さっきから電話をかけているが、それも限界だと言いたいらしい。

「そういう人は帰ったらええのとちがう」

克子は冷たく言った。

「私はひまやから構わへんけど、お忙しい方々はお帰りになってください。とくに雛美ちゃんは未成年者のお嬢ちゃんですものね」

「そしたら、お先に……」と雛美は肩をすぼめるようにして部屋を出て行った。

「そうやね、私もそろそろ帰ろうかしら」

有紀子は時計を見た。すでに零時半を回っている。

「未知は歩きやろ、送って行くわ」

「ありがとう、でも、社長に一応、訊いてみたほうがいいのじゃないですか？」

「そうやね。だけど、遅くなりそうよ」

有紀子は奥の気配を窺《うかが》った。

まるでそれに応えるように、ドアが開いて三人の男が入ってきた。奥田と井坂につづいて、あの刑事らしい青年もいた。

「えーと、みなさんにご紹介します」

奥田宣伝部長が言った。

「こちら浅見さんいうて、こんどのうちのフリージアスロンのキャンペーンでパブリシティー用の記事を書いてもらうことになっている、フリーライターの方です」

浅見が「どうぞよろしく」と頭を下げると、克子が「なんや、刑事さんやなかったのかァ」と無遠慮な声を発した。

「おいおい、八雲くん……」

井坂社長が寝ている老人たちのほうに目配せをして、場所柄を弁《わきま》えなさいと窘めた。

「すみません。でも、さっき有紀ちゃんが刑事やとか言うてはったさかい」

「刑事とは言うてませんよ、刑事さんみたいな人、言うたんです」

有紀子はむきになって弁解した。

「まあまあええやないの」

奥田が二人を制した。

「じつは、浅見さんはあのとき、たまたま私と一緒にあの現場を見ておったもんで、他人事《ひとごと》のような気ィがせんのやそうです。それで、井坂社長とも相談して、事件のあとのゴタゴタを手伝《てつど》うてもらういうことになりました」

「ゴタゴタいうと、何ですの？」

克子が浅見に顔を向けて訊いた。

「差し当たり警察の捜査が入り、それと並行してマスコミがドッとやってきます。その際にスポークスマンを務めさせていただくつもりですよ」

浅見は神妙な顔をして答えた。バリトンよりも少し高い音程だが、女性には心地好くひびく優しい声だ。

「ふーん、そうですよねえ、これからもドンドン、マスコミが来ますよねえ」

克子の言い方だと、マスコミがやって来るのが楽しみなように聞こえる。

「そうですね、亡くなられた被害者がアイドルのようなタレントさんですからね、ニュースバリューがあるし、第一、関係者がみんな美人揃《ぞろ》いですから、写真雑誌は大張り切りでしょう」

浅見は真面目くさって言った。

それからしばらく、浅見青年は三人の女性と会話を交わした。有紀子もそうだったけれど、三人はそれぞれに若くハンサムなルポライターの存在を意識して、いくぶん気取ったポーズを作っていた。

浅見の話すことは、取り立てて事件と関係があるようなこととも思えなかったが、いつのまにか、女性たちそれぞれが、観華子とどう関わっていたかを訊き出してしまうような、不思議な話術の持ち主だった。

有紀子に対して、特別に関心を示しているという様子も見えなかった。当然、自分に対する質問が多いと思っていただけに、有紀子はこれには、むしろ拍子抜けがした。

（この人、大したことないんやないかしら――）と、侮《あなど》る気持ちさえ湧《わ》いてきた。

ひととおり話題が尽きると、夜の更けたことが、また思い出された。

「社長、私は午後から仕事ですので、帰らせていただいていいでしょうか？」

友納未知が言った。

「そうだな、これだけ付き合ったのだから、もう観華子も満足してくれるだろう。みんなも帰っていいよ。あとは僕がしばらく残っているから」

井坂の許しが出ると、克子を残して有紀子と未知は腰を上げた。

「私は朝までいるわ」

克子は崩していた膝《ひざ》を揃えて正坐になると、冷やかな目でみんなを送り出した。祭壇を背景に、隣に浅見青年が坐っているのが、なんとなく内裏雛《だいりびな》を連想させて、有紀子は少し気になった。

3

四人の女性の中で車を持っていないのは友納未知だけだ。「悪いわね」と未知は有紀子に何度も気を遣《つか》った。

「有紀子さんのお宅、この近くなんでしょう?」

「そう、観華子のところから歩いても十分足らずかな」

「今夜は帰らなくてもいいんですか?」

「うん、ええのよ、もう三ヵ月ぐらい帰ってへんかな。何かと面倒くさくてね」

「いいなあ、かっこいいですよねえ」

未知は十三《じゅうそう》のマンションに、両親と一緒に住んでいる。有紀子のように独立して、御堂筋近くのマンションに独り住まいをするのが夢なのだそうだ。

未知を送り届けて時計を見ると、午前二時になろうとしていた。この時刻が有紀子はもっとも苦手だ。むかしは「草木も眠る丑三《うしみ》つ時《どき》」とかいって、幽霊の出る時間とされていたのだそうだ。その話を、死んだ祖母から聞かされて以来、有紀子は潜在的に意識するようになってしまった。

マンション周辺にはまったく人通りが無かった。この辺はオフィスビルが多いから、夜間人口はかぎりなくゼロに近い。霧が出ているのだろうか、街灯が霞《かす》んでホラー映画のシーンのような気配が漂っていた。

有紀子のマンションには駐車場のスペースが足りないため、近くの空き地にあるモータープールを借りている。月々四万円の駐車場料金は痛いけれど、仕方がない。

人気《ひとけ》のない広々とした駐車場に車から下り立つと、まだそんな季節でもないのに、凍りつきそうな夜の気配が足元から忍び寄ってくる。

御堂筋の一つ裏の道である。アリスが車に引きずられ、首を吊《つ》った「現場」が近づいてくる。

（いやだな――）と有紀子は肩をすくめた。あんなに可愛がったアリスだが、死んでしまったいまとなっては、愛情よりも死霊に対する恐怖感のほうが先に立つ。

カッカッカッと、自分の靴音が周囲のビルに木霊《こだま》するのが、妙に不気味だ。誰かついてくるのかしら？——と後ろを振り向きたくなる気持ちと、見てはいけない——と思う気持ちとがせめぎあう。

マンションの手前にひときわ暗い場所がある。街灯の死角とでもいうのだろうか、そこだけが、まるで清流にある淵《ふち》のように闇《やみ》が澱《よど》んでいる。

その闇の中に、人が立っていた。

（いやだ——）

有紀子は思わず立ち止まった。人気のないところに人がいるというのは、不気味なものである。

それに、そこはアリスが死んだ場所にほぼ近かった。

遠い街灯の明かりを背景にして、おぼろげなシルエットだが、どうやら女性らしい。それも、こっちを向いてじっと立っている。胸の前で腕を組んでいるのか、体の脇《わき》に手のシルエットは見えなかった。

足音が跡絶《とだ》えてから、しばらく経った。いつまでもそうしているわけにもいかず、有紀子は思いきって歩きだした。

考えてみれば、だいたい幽霊なんているはずがないのだ。そこに人がいるだけでも、心強いと思うべきだ。しかもそれが女性ときては、何も怖がることはないではないか。

女性の姿がかなり細かい部分まで識別できるようになったとたん、有紀子はまた足を停めた。

（いや！——）

心臓が凍りつくかと思った。

女性は白っぽい服を着ているらしいが、彼女のシルエットの胸の辺りに、いっそう白いものが抱かれていた。そしてその中央付近に、赤く光る二つの点が見えた。

（アリス——）と、まず思った。それからすぐに（観華子——）と思った。

二つの死んだものの姿が、そうやって現われたのだと思った。

「いやあっ！……」

有紀子は後ろに逃げようとして、顔から落ちるように、舗道に転んだ。足が前に進まなかった。

そのまましばらく、地面のほうに顔を伏せて、身を固くしていた。

振り返るつもりはないのに、何かの力がはたらいて顔を女のほうへねじ向けられた。

消えていた。女の姿は、いつのまにか闇の中に消えていた。それがいっそう、有紀子を脅《おび》えさせた。

（あれは何だったの？――）

誰だったの――というのではなく、何だったの――と思った。

立ち去ったのなら、足音ぐらいしそうなものだ。それが聞こえなかった。自分の耳がどうにかしていたのか、それとも、あまりにもひそやかな足音だったので聞こえなかったのか……。

しかし、そう論理的に考えるより、あれは幽霊だったのだ――と決めたほうが、ずっと論理的であるように思えた。

あの日、雑巾《ぞうきん》のように道路のへりに叩《たた》きつけられていたアリスを拾って、茫然《ぼうぜん》と坐り込んでいた観華子の姿が、こうしていても、いまにも闇の中に浮かび上がりそうな気がしてくる。

（殺してやる！――）とあのとき、有紀子は思った。

もし、あのとき、観華子が不用意に声をかけさえしなければ、アリスは走り出したりしなかったのだ。紐《ひも》を振りほどくような勢いで道路に飛び出したりしなかったのだ。

（アリスを殺したのは観華子よ――）

いまでも有紀子はそう信じている。轢《ひ》き逃げの二人と観華子とは、同じ憎悪の対象だったのだ。

有紀子はノロノロと立ち上がった。ひどく無防備な転び方だった割には、手から腕にかけてと膝が少し痛む程度で、大したダメージは受けていないらしい。明日はオフだけれど、明後日からは仕事がつづいている。それに差し障りはなさそうだ。

気がつくと、バッグが五メートルも先に転がっていた。

部屋の鍵《かぎ》は？——やだ、鍵がないじゃないの——。

手の中に握っていたはずの、車のキーやら実家の鍵やらが一緒くたになった、革製のキーホルダーが、どこにも見当たらない。

有紀子は気持ちを落ち着けて、闇の中を見回してみた。バッグでさえこれほど遠くへ飛んだのだから、キーホルダーはさらに威勢よく飛んで行ったのかもしれない。

体を低くして暗い道をはるかまですかしてみると、真っ黒な夜空をバックに、ビルが左右から被《おお》いかぶさるように迫ってくる。

これがアリスの見ていた風景なのだ——と有紀子は思った。夜の散歩のとき、アリスはときどき立ち止まり、不安そうに空を見上げていたけれど、その目に映っていたのがこれだったのだ。

それにしても、なんてつまらない街なのだろう。大阪の道は南北に通る広い御堂筋を挟んで、いくつもの道が碁盤《ごばん》の目のように走っている。その整然とした区画が、いまさらのように味気なく思えてきた。御堂筋の美しさだけでは、大阪中の雑駁《ざっぱく》さはとてものこと、カバーしきれない。

（鍵だわ、鍵――）

有紀子は束《つか》の間《ま》の感傷から覚めて、ふたたび道路を這《は》うようにして歩きはじめた。

鍵は思いがけない場所にあった。ガードレールの上端に引っ掛かっていたのだ。それほど遠くまで飛んだわけではなかったが、下を探してばかりいたら、永久に分からなかったにちがいない。

有紀子は疲れはててマンションに入った。

部屋に戻ると、ほっとするような温かい空気が迎えてくれた。ワンルームマンションに毛の生えた程度のちっぽけな部屋だが、それでも女の独り暮しには充分だ。

留守番電話の赤いランプが、受信があったことを知らせて点滅している。

電話は何本か入っていた。最初のは短大のときの男の友人からのもので、事件のことについて、何か訊きたかったような口振りだった。

呆れたことにそのあとの二本も、女性の友人ではあったけれど訊きたいことは同じであった。「心配しているから電話して」と言っている。

何が心配なものか――と有紀子は腹が立った。どうせ野次馬根性で、情報を知りたいだけに決まっている。

四本目の電話は母親からのものだった。考えてみると、事件のあと、実家に電話すら入れてなかった。すぐ近くの梅本観華子の家に行っていながら、声もかけずに帰ってきてしまったのだから、われながら情の薄いことではある。

五本目は――しばらく無言で、何も入ってないのかな、と思ったとたん、女の声で
「有紀子さん」と言った。

有紀子はゾーッとした。

(まさか――)

観華子の声によく似ていた。

「……ごめんなさい、私が悪かったんよ」

有紀子は思わず留守番電話のスイッチを切った。

間違いなかった、観華子の声であった。少し甘えたような、舌の先で唇を嘗《な》めるようにして発音する、観華子独特の癖が、はっきり聴き取れる。

（いまごろ謝ったって、遅いわよ――）

アリスは還《かえ》ってこないじゃないの、と怒鳴りつけてやりたかった。

それからあらためてギョッとなった。

（どうして？――）

観華子の声が、なぜいちばん最後に録音されているのだろう。

有紀子は一瞬錯覚していた。「事件」が起きる前に録音されたものを聞いているような気分がしていた。

しかし、彼女の声の前に、四人の人間からの電話が録音されていた。観華子の声は、まぎれもなく「事件」以後にかかった電話の声なのだ。

（やめてよ――）

有紀子は電話の前から後ずさりした。部屋の隅の壁に背中がつくところまで行って、じっと電話を眺めた。

4

三人の美女たちが引き上げたのをきっかけのように通夜の客は姿を消して、浅見と八雲克子だけが残った。家族と親戚《しんせき》の者が、交代で顔を出すけれど、なんだかお義理のようでもあり、こんなふうに、むやみに付き合いのいい客がいるのは、かえって迷惑なのではないか——と、浅見は気がねになってきた。

浅見はまだしも、克子がいつまでも頑張っている心理が、浅見には分からない。親族の者が一人もいなくなった隙《すき》に、浅見はおそるおそる、克子に言った。

「いかがでしょう。もうこの辺で失礼してもいいのじゃないでしょうか？」

「ええ、いいと思いますけど。私はまだおりますので、どうぞご遠慮なく」

「いえ、僕のことより、むしろあなたのほうが」

「私はいいのです、ここにこうしていたいのですから」

「はあ、なぜですか？」

「なぜ？……」

克子は目を丸くして、浅見の顔を眺めた。

「お通夜の席にいるのに、なぜって訊かれるとは思いませんでしたけど」

「はあ、それはまあ、おっしゃるとおりですが……」

「私は観華子さんが可哀相でならないのです。せめて一人でもこうして、仲間が彼女の冥福《めいふく》を祈って上げるべきだと思うのですよ」

「失礼しました、お優しいお気持ちなのですねえ」

浅見は感に堪《た》えぬとばかりに、深々とお辞儀をした。

「浅見さん、でしたっけ」

克子は言った。

「ええ、浅見です」

「おたくこそ、どうしていつまでもこの席にいてはるのです?」

「もちろん、故人の冥福を祈って、です」

克子は呆れた目で浅見を睨《にら》んだ。その目が和《なご》んで、ニヤリと笑った。

「浅見さんは独身とちがいます?」

「はあ、僕は独りですが、よく分かりますねえ」

「分かりますよ、それくらい」

「そんなに物欲しそうにしていましたか?」

「ううん、そうやなくて、その反対。物欲しそう言うたら、奥田さんのほうがずっと物欲しそうやわ」

「あははは、それは悪いなあ」

「悪いことないわよ。ほんま、あのひと、手癖が悪いんだから。そうやなくて、浅見さんは私と同類ですもの、すぐに独身いうことが分かったわ」

「それは光栄ですねえ、そんなに美しく見えますか?」

「え?　あはは、うまいこと言うわねえ。やっぱし東京の人は口が上手やわ」

克子はいっぺんで浅見が気に入ったらしい。それから急に打ち解けて、お茶を入れてくれたりした。

「教えて上げましょうか」

「はい、何をですか?」

「観華ちゃんを殺した犯人」

「えっ……」

浅見が驚いて、お茶を膝にこぼしたとき、隣の部屋で電話が鳴った。本来はリビングルームにある電話を、コードをいっぱいに延ばして隣室に引き込んである。しばらく応対する声が聞こえていた。すぐ隣の部屋なのだが、低い声で喋っているせいか、何を言っているのかは聴き取れない。壁越しの声というのは、よほど壁に耳を押し当ててでもしないかぎり、ボソボソとしか聞こえないものだ。

ほんの一分ほどで電話は切れたらしい。ドアが開いて観華子の父親・梅本伸夫《のぶお》が顔を覗《のぞ》かせた。

「浅見さん、また来ました」

浅見はすぐに立って伸夫のあとについて、奥の部屋へ向かった。一人取り残される克子は、不安そうに見送っていた。

奥の部屋には観華子の妹の繭子がいた。母親はすでに寝たのか、姿はなかった。

「浅見さんが言うたとおり、録音をしておきました。やはり同じ男でした」

テーブルの上にカセットテープレコーダーが載っている。伸夫はスイッチを入れた。

——さっきはどうも。

男の声が言った。正式の録音ではないから、聴き取りにくい小さな音量だが、言っていることはなんとか分かる。声の背後にかすかに音楽らしきものが聞こえている。テレビかラジオでも鳴っているのか、それともどこかのカラオケスナックで電話しているのかもしれない。

つづいて「もしもし、観華子の父親です。娘から話は聞きました」と仲夫の応じる声が出た。

――ああ、お父さんかね。それなら話が早いわ。どないですか、決まりましたか？

「いや、まだです」

仲夫が答える声は、対照的にむやみに大きく聞こえる。

「一千万なんていう大金はうちにはありませんよ」

――そんなことないでしょう。おたく、金持ちいうこと、知ってまっせ。

「そりゃ、銀行の金を集めれば、なんとかなりますが、しかし、私が何でそんな金を出さななならんのです？　あんた、金が欲しいんやったら、犯人のほうを脅したらええのとちがいますの？」

――そらあきまへん。何でか言うたら、犯人はそんな金は持ってないのやから。

「ほんまに犯人を知っとるのですか？」

——知っとる言うたでしょう。

「しかし、犯人はいずれ警察が見つけ出すのやから、何も……」

——警察はあきません。

電話の声は仲夫を遮《さえぎ》るように、断定的に言った。

——警察は犯人をよう捕まえませんで、迷宮入りや。娘さんは悔しいでしょうなあ。

「そうです、娘かてわれわれかて、悔しいですよ。犯人を捕まえたいですよ。なんであんた、教えてくれんのですか？」

仲夫は必死で訴えた。

——そやから、教えて上げる言うてるでしょう。ただし、僕も金が欲しいさかい、交換条件を出しているだけですがな。あ、そろそろ時間やな、そしたらまた電話します。

プツンと電話は切れた。

「逆探知を警戒しているのですよ」

浅見は腕時計を見て、言った。あと、少しで二時になろうとしていた。

「こいつ、犯人を知ってるいうのは、ほんまですかね？」

仲夫は憎々しげにテープレコーダーを睨んで、言った。

「知っているか、あるいは心当たりがあるか、少なくとも、何も材料なしではこんな電話をかけてこないでしょうね」

「どないしたらええのですかね？」

「こんどは具体的な金額交渉をしてみてください。こっちは警察に任せてもいいのだから——ぐらいの強気なことをおっしゃって、値引きをさせてみてください」

「なんぼくらいまで言うたらええのでしょうかな？」

「最終的には百万円ですよ、きっと」

「それが相場いうことですか」

「さあ、相場なんてあるとは思えませんが、僕の金銭感覚と同じなら、それで手を打つでしょう」

「もし相手がそれでＯＫしたら、その後はどうしたらええのです？」

「受け渡しの話になるはずです。場所、日時その他……方法は相手任せにするよりしようがないですね。それから先はまた考えることにしましょう」

「どういう方法を言うてきますかね？」

「僕なら……」

浅見は繭子のほうを見て、「お嬢さんに持って来るよう、言いますね」

「えっ、私にですか？」

繭子はびっくりして、弾《はじ》かれたように坐り直した。姉の観華子ももちろん美人だが、繭子は愛らしさという点では姉を凌《しの》ぐものがある——と、浅見はひそかに思った。鼻立ちはもちろん整っているけれど、表情全体に人を魅《ひ》きつけるものがある。ことに目耳から顎《あご》にかけてのいくぶんふっくらした顔の輪郭が、見る者に心和むものを感じさせる。

まだ十九歳の大学生だそうだ。井坂がしきりに芸能界入りを勧めているのだが、本人はいっこうに相手にしないという話だ。

「そうかて、この電話の人、私のことなんか知っているはずがないでしょう」

「さあ、どうですかね。僕は知っていると思いますよ。お姉さんのことを知っているだけでなく、このお宅のことをいろいろ知っていますからね。お父さんのお仕事、収入、家族構成……大抵のことは知っていそうです。可愛いお嬢さんのことだって、ちゃんと知っていますよ、きっと」

「それじゃ……」と父親は息を飲むようにして言った。

「この電話の男、うちの知り合いいうことですか？」

「知り合いというのかどうかは分かりませんが、かなりの知識だけは持っている人物と思っていいでしょうね」

「しかし、何だってこんなアホな……」

伸夫はまた録音テープを睨んだ。

5

翌朝の大阪は霧に包まれた。御堂筋の銀杏《いちょう》並木を下から見上げると、てっぺんの辺《あた》りは切れ切れの雲の上にあるように、霞んで見えない。

視界は百メートル足らず、信号機のライトも識別できないほどだ。

御堂筋は北から南への一方通行で、ふだんはかなりのスピードを出して走る車も、さすがにこの朝はゆっくり走っていた。

南御堂の境内で人が死んでいる——という一一〇番通報があったのは、午前六時二十分であった。

南御堂というのは、一五九五年に教如上人《きょうにょしょうにん》が浄土真宗の大谷本願寺として建立《こんりゅう》したものを、その二年後にこの地に移した寺である。およそ五百メートルばかり北にある「津村別院」通称「北御堂」に対して「難波《なんば》別院」通称「南御堂」と呼ばれている。

第二次大戦の空襲で焼け落ち、現在の建物は昭和三十六年に建てられたものだ。

南御堂は西南の役の際、征討総督府が置かれたことでも知られるが、境内に松尾芭《まつおば》蕉《しょう》終焉《しゅうえん》の地の碑があることで、ここを訪れる人は多い。

芭蕉は京都、伊賀を経て大坂に入り、元禄《げんろく》七年、この地で旅の生涯を終えた。実際に死んだのは、南御堂の門前にあった花屋という旅館だが、「旅に病んで夢は枯野をかけ廻《めぐ》る」の句碑は、現在、南御堂の植込みに建てられている。

毎朝、南御堂に参詣《さんけい》するのを散歩コースにしている老人が、この事件の第一発見者であった。いつもどおり、本堂の正面で礼拝をしてから、左手奥にある芭蕉の句碑に向かって歩いて行った。

死んでいたのは三十代から四十代はじめといった印象の男であった。

所轄の南署で調べたところ、男の後頭部に石で殴ったような跡があり、実際、死体のすぐ近くに沢庵石《たくあんいし》大の石が転がっていた。ほかに重大な傷がないので、これが致命傷と考えられた。

死亡時刻は午前零時から午前二時ごろまでのあいだと推定される。

ポケットが荒らされたような形跡があり、所持品はおろか、身元を示すような物が何もない。スポーツシャツにセーターという恰好《かっこう》で、洗濯屋のネームの縫い取りもつけられていなかった。

しかし、事件がテレビのニュースで流れ、新聞にも出た夕刻には、いくつかの身元照会が寄せられ、その中の一つに該当する人物であることが判明した。

津野亮二（三十四歳）、大阪府吹田《すいた》市山手町《やまてちょう》——これが男の身元である。

津野は堺《さかい》市にある化学会社に勤務していて、妻と四歳になる女の子がいる。

津野は昨夜遅くまで、会社の同僚と難波駅付近のカラオケスナックで飲んでいて、午前一時ごろ店を出たという。同僚とは店を出たところで別れたが、それが、犯人以外の者による、生きている津野を見た最後ということになるらしい。

そのとき、津野は一人で御堂筋を北へ向かって歩いて行ったという。

「たぶん、車をどこかに駐めてあるので、そこへ行ったのやないかと思いますよ」

一緒にいた仲間がそう言っている。仲間は二人いたが、津野に車に乗らないかと誘ったところ、おれはいいと言って、手を振っていたというのである。

「いや、津野さんが車だとは知りませんでしたよ」

スナックの従業員はそう言っている。もし車だと知っていれば飲ませなかったというのが彼の弁明であった。

津野の車は、レッカー車で運ばれて、船場《せんば》の有料駐車場にあった。ナンバーからそれが津野の車であることが分かったのであって、そこへ「連行」される前は、南御堂から少し北へ行ったところの、御堂筋に駐車してあった。もちろん違反だが、御堂筋の並木と並木に挟まれた二車線のレーンには、年中違法駐車の車が並んでいて、一車線分しか通行できないのがふつうなのだ。

車はロックされていた。キーは見当たらなかった。

津野の車を運んだのは「午後九時二十分」と記録されている。かなり早い段階で津野の車はしょっぴかれたわけである。そうとも知らずに、津野はその晩は御機嫌だった。何回もマイクを握り、仲間の顰蹙《ひんしゅく》をかっていたらしい。

「よっぽどいいことでもあったのと違いますかねえ。ときどき、どこぞへ電話したり、女の人からの電話もあったみたいやし」

従業員は店の片隅にある、洒落《しゃれ》た電話ボックスを指差して言った。

その「女」とデートの約束でも出来ていたのだろうか。津野は妻子がいるくせに、女遊びの好きな男だったらしい。だとすると、事件は「男女関係のもつれ」によるものである可能性も出てくる。

もっとも、凶器である石の大きさと、被害者の背の高さから推定すると、犯人が女性であるとは考えにくかった。

警察は怨恨《えんこん》による犯行の可能性があることを勘案しながらも、主流としては、物盗りか喧嘩《けんか》など、突発的な傷害致死事件であるという見通しで、捜査活動を展開することになった。

ただちに付近の聞き込み作業に入ったが、深夜その付近は、御堂筋を走る車の通行量はかなり多いものの、歩いている人間はごく稀《まれ》である。目撃者はまったく現われる気配がなかった。

ただ一つ、電話によるいわばタレ込みの中に、南御堂付近の裏道で、午前二時ごろ、女性の悲鳴のようなものが聞こえた——というのがあった。

被害者が男だから、「女性の悲鳴」というのは変だが、あるいは女性の声に聞こえたのかもしれないし、喧嘩の相手が女性であったとか、女性にいたずらでもしようとして、反対に殴り倒されたものかもしれない。

捜査員はその電話による情報の裏付けにも走り回った。

事件発生当日としては、ほぼ順調な滑り出しではあったけれど、だいたいこの程度までで、昼の部の捜査は終了した。

そのあとは、夜になって、津野が出入りする店やそこの客たちに、昨夜、難波のカラオケスナックを出たあとどこかに、津野の立ち寄った形跡がないかどうかの調査に入った。

その結果、津野はやはり、カラオケスナック以降はまったくどこにも現われていないらしいことが分かった。

しかし、難波から歩いていったとしても、死ぬまでのあいだ、津野はどこかで何かをしていたことは事実なのだ。

南御堂までは、ゆっくり歩けば、およそ三十分ほどかけて行くことも可能だが、それ以上の時間をかけるためには、どこかで時間をつぶすか、ジグザグに裏道を行くか、かなりの努力が必要だ。

午前一時から二時という深夜に、何を好きこのんでそんな「散歩」をしたのか、説明ができない。捜査員の感触では、厄介な事件になりそうな予感がしていた。

その事件のニュースを、浅見は梅本家の通夜明けの席で聞いた。

第三章　幸運な死者

1

浅見光彦は夜明け近くになってから、部屋の温かさに負けたように、つい応接室のソファーの上に寝ころんで、トロトロまどろんでしまった。

目覚めたら八時少し過ぎだった。隣にいたはずのコスモレーヨン宣伝部長の奥田の姿が見えない。ぼんやりした頭が覚めてくるのを待っていると、ドアが開いて梅本伸夫が入ってきた。

「奥田さんは、会社へ出んならんとかで、ひと足先にお帰りになりました」

梅本は眠そうな顔で言った。通夜も通夜だが、怪電話のお蔭《かげ》で、結局、ひと晩中、眠れなかったのだそうだ。

「八雲さんも帰られたのですか？」

浅見は八雲克子のことを訊《き》いた。「犯人が誰《だれ》か教えましょうか」と彼女が言っていたのが、それっきりになっている。

「はあ、八雲さんも奥田さんと一緒にいったん帰宅されましたけど、葬儀の時刻には、また改めて来てくださる言うてました」

梅本は言って、「食事の用意をしましたが、軽くいかがですか」と勧めた。

「はあ、ありがとうございます」

しかし、浅見にはまるで食欲がなかった。それではコーヒーだけでも——ということになって、ダイニングルームに行って、そこでテレビのニュースを見た。

テーブルの周りには、浅見のほか、殺された梅本観華子の両親と妹の繭子、それに、親戚《しんせき》から手伝いに来た中年の女性がいて一緒にテレビを見た。

——けさ早く、南御堂として知られる難波別院の境内で、男の人が死んでいるのを、近所の人が発見、警察に届け出ました。この男の人は三十歳から四十歳程度、身長は一メートル七十センチ前後、やや痩《や》せ型で、身元はまだ分かっていません。警察が調べたところ、頭に殴られたような痕跡《こんせき》があるため、殺人事件の疑いもあるものと見て捜査を開始しました――。

この時点では被害者の身元も判明していなかったのだが、同じ御堂筋がらみの事件だったから、浅見も梅本家の人々も、無関心ではいられなかった。

「なんやら物騒なことばっかしですなあ」

観華子の父親は暗い目で、しきりに頭を振っている。しかし、事件直後のショックからは完全に立ち直っていた。理不尽な「密告者」が現われたことで、いくぶん緊張ぎみなのと、それに、わが娘だけでなく、ほかにも不幸な目に遭《あ》った被害者が存在することで、悲しみの濃度が薄くなるのかもしれない。

「南御堂さんいうたら、有紀子さんのマンションの近くじゃない?」

繭子の何気なく言ったことが、ほんの少し、浅見は気になった。

食事をしているあいだに、親戚の者や近所の人たちが訪れてきて、まもなく始まる葬儀の準備で慌ただしくなった。

九時になると刑事が数人、やって来た。家族と、隣近所や葬儀の参会者に対する事情聴取をやろうというのだ。

戸川という部長刑事が中心になって、手分けして聞き込みを始めた。大抵の者は刑事に摑《つか》まらないよう、なんとなくコソコソしたそぶりを見せるのだが、ひとり浅見だけは逆に刑事に接近したがった。

「その後、捜査の進展のほうはいかがですか？」

戸川に訊いたが、「まあボチボチですな」と曖昧《あいまい》な答えしか返ってこない。戸川はパレード中に梅本観華子が殺された事件の、いわば第一発見者の一人であった浅見に事情聴取を行なった当人だ。

「おたくにはもう訊くことはないのやから、あっちへ行っとってくれませんか」

いかにもうるさそうに手を振って、邪険なことを言った。

戸川たち刑事には、すでに梅本の口から「怪人二十一面相」からの電話のことが話されている。しかし警察の連中はさほどそれを深刻には受け止めなかった。

「そういういたずらは珍しくないです」と言うのである。警察がそう言うだろうことは、浅見が予言したとおりだった。ただし、警察にとって「怪人二十一面相」という偽名は、大いに気にいらない様子だ。なぜなら、「怪人二十一面相」というのは、例のグリコ・森永事件で警察の捜査を翻弄《ほんろう》した犯人グループが使った名前そのものだったからだ。

そのこともあって、警察は「怪人二十一面相」を話題に載せること自体、気にそまなかったのかもしれない。

「しかしまあ、一応、捜査の対象にはしますけどね」

戸川は消極的な言い方で、後刻、係官が来て、逆探知の装置を取りつけたりすることを約束した。

十一時から葬儀が始まった。突然の死ではあったけれど、観華子の死を悼《いた》んで大勢の弔問客があった。梅本観華子はすでにタレントとして、かなり名前が売れはじめていただけに、弔問客の中にはファンらしい人々が、屋敷内には入らず、表の通りからそっと拝んで帰る姿も多く見られた。

刑事たちはそういう弔問客を片っ端から摑まえては、故人との関係やら、事件に対する感想やらを訊いている。しかし、誰に訊いてみても、観華子が殺されるような理由に思い当たることはなく、申し合わせたように「あんな気立てのいい娘さんが殺されるなんて……」という感想が圧倒的に多かった。

十二時の出棺。梅本家の人々は、留守番役を近所の主婦たちに任せてすべて葬祭場のほうへ向かった。

浅見は戸川部長刑事ともう一人、西木という若い刑事と一緒に梅本家に残った。戸川は胡散《うさん》臭そうに、浅見を敬遠したがったが、浅見は知らん顔をして、なるべくベッタリと、戸川にくっつくようにしていた。

祭壇の上が空っぽになると、すぐに葬儀社の人間が片づけを始め、あっというまに部屋の中はさっぱりしてしまった。浅見はなんだか、諸行無常を目《ま》のあたりにするような気分がした。

まもなく逆探知の技術屋が二人やって来て、電話に装置を取りつけた。それからさらに後《おく》れて、八雲克子が来た。

「寝坊してしまって……」

モデルらしくなく、化粧もそこそこに駆けつけたらしい。「やっぱし間に合わなかったわね」と、応接室の椅子《いす》にへたり込んだ。

浅見はテーブルの上に用意されているポットと土瓶で、彼女のためにお茶をいれてやった。

「あらあら、どうもすみません、おたくみたいなかっこいい男性にサービスしていただくなんて……」

克子はすっかり気をよくしたらしい。

浅見は近くに刑事がいないのを確かめて、訊いた。

「ゆうべ言いかけた話の続きを聞かせてくれませんか」

「ああ、あれ……」

克子は急に目を輝かせて、浅見に顔を近づけた。寝酒でも飲んだのか、アルコール臭い息であった。

「あくまでも私の独断と偏見やけど、観華子さんを殺す動機を持っている人を挙げろ、言われたら、二人の名前を挙げるわね」

浅見に親しみを感じはじめているのか、それとも、それが地なのか、克子はなれなれしい男っぽい口調で言った。

「二人——というと、その一人は畑中有紀子さんですね」

「ええ、そうよ」

「もう一人は誰ですか？」

「それは……そうやねえ、まだ言わんほうがいいわね」

もったいぶっているのではなく、差し障りがあることに配慮した様子だ。

浅見は苦笑した。

「畑中さんのことは、誰でも容易に想像がつきますよ。肝心なのは、もう一人の人物のほうだと思いますが」

「それはそうやけど、そっちのほうは、やっぱしまだ言われへんわねえ。ただし、警察が目をつけている対象の中にはいてへんことはたしかやと思うわ」

「つまり、意外な人物」

「そうやわね、意外と言うより、誰も知らない人物と言うべきでしょうね」

「しかし、あなたが知っているということだけで、かなり範囲が狭められそうですが」

「さあ、どうかしら。こう見えても私はけっこう顔が広いのよ。言われんうちに言うときますけど、歳《とし》が歳やしねえ」

「警察にも言わないつもりですか？」

「そうやわね、警察は嫌いやし、第一、その人が犯人かどうか、ほんまのところは確信が持てへんもの」

「もしその人が犯人だとすると、動機は何なのですか？　それもまだ教えてもらうわけにはいきませんか」

「動機？　そうやねえ、そこまでは考えてないけど、でも、常識的に考えれば動機はジェラシーみたいなものとちがうかしら」

「ほう、つまり男女関係のもつれというやつですか」

「そういう言い方はあまり好きやないけど、まあそんなことかしらね」

「しかし、観華子さんには恋人らしい男性はいなかったそうじゃないですか」

「それは誰にも知られてない、いうだけのことと違う？　観華子かて一人前の女性やもの、それなりにいろいろあって当然でしょう」

「それはまあ、そのとおりですが……」

浅見は首をひねった。人は見掛けによらないとはいうけれど、観華子について話す人々の「証言」の印象からは、克子の言うような動機で観華子が殺されるとは、到底信じられない気がした。

とはいうものの、こと男女の問題となると浅見はまるで弱い。八雲克子が自信たっぷりにそう言うのなら、やはり「それなり」のことがあったと思うしかなかった。

2

三時過ぎには、観華子の遺骨を抱いて梅本家の人々が帰ってきた。その間ずっと、浅見は刑事たちと行動を共にしていたが、怪電話はついにかかってこなかった。まるで刑事が張り込んだり、逆探知装置を取りつけたことを察知したような感じさえした。

「何もないですなあ」

戸川はいくぶん仏頂面《ぶっちょうづら》で梅本に報告している。

「しかし、昨夜はたしかに電話、あったのですから……刑事さんも録音テープをお聞きになったやないですか」

「いや、ですからね、ああいういたずら電話いうのは、珍しいことやないのです」

そう言われてしまえば、素人《しろうと》としてはそれ以上のことは言いようがなかった。

「やっぱり浅見さんが言われたとおりです。警察は相手にしてくれませんな」

梅本は陰でそう言ってボヤいた。

夕方近くになると、客たちはすべて引き上げ、梅本家は閑散としてきた。井坂プロモーションの連中も、最後まで残った克子も帰って行った。浅見もいつまでも留まっているわけにはいかない。梅本は心細そうな目で、もうしばらくいて欲しい——と言ったが、五時前には梅本家を辞去した。

ホテルに戻ると、どっと疲れが出た。上着を脱いだだけでベッドに横になると、いつのまにか眠った。

電話のベルで目覚めた。受話器を取ると八雲克子の上擦《うわず》った声が飛び出した。

「浅見さん、ニュース見ました？」

いきなり言った。

「ニュース？　いや、まだですが」

時計を見ると、七時になろうとしている。

「さっき、六時のニュースを見て、びっくりしてしもうて、それで浅見さんに連絡しよう思って、そしたら観華子の家から帰ってしまわれたいうもんで……」

克子は苦労して探したことを強調した。

「ニュース、何かあったんですか？」

浅見は焦《じ》れて、訊いた。

「殺されたんです」

「殺された？　誰がですか？」

「そやから、言うたでしょう、ほれ、観華子を殺した犯人やないかって……」

「えっ、じゃあ畑中さんが？」

「まさか……そうやなくて、もう一人のほうですがな」

「ああ、八雲さんが言ってた『ジェラシー』のひとですか」

「そうですそうです。そのひと、けさ早くに殺されていたのやそうです」

「えっ、それじゃ、南御堂で殺された男の人ですか？」

さすがに、浅見も驚きの声を発した。

「なんや、知ってはったんですか」

「ええ、朝のニュースで見ました、その時点では身元が分かっていませんでしたが
……しかし、そうですか、その被害者があなたの言われた『容疑者』だったのですか」

「そうですねん。でも、どないしたらええものかと思って、浅見さんのこと探したのです」

「どないしたらええって、どういう意味ですか?」

「そやから、警察に教えてやらなあかんのかどうかということです」

「それはもちろん、届け出たほうがいいに決まっていますよ」

「でも、私は警察には行きとうないの」

「その気持ちは分かりますよ。しかし、八雲さんがその人を疑っている理由は知りませんが、もしその人物が梅本観華子さんの死と関係している疑いがあるなら、これは重大な事実ですよ」

「それはそうですけど……」

「いったい、八雲さんがその人物を容疑者だと思う根拠は、何なのですか?」

「…………」

克子は電話の向こうで黙りこくった。しばらく待ってから、浅見が「もしもし」と催促すると、仕方なさそうに「はい」とだけ答えた。

「その被害者ですが、どういう人物なのですか?」

浅見は質問の内容を変えた。

「津野いう人です。住所は吹田《すいた》で、南堺化学いうところに勤めてはる、三十四歳のひとです」

「ずいぶん詳しく知っているのですね」

「ああ、これはニュースで知ったのです。ほんまは名前と顔しか知りませんでした」

克子はすっかり意気消沈した口調になっている。

「しかし、誰に聞いても、観華子さんには恋人らしき男性はいないということになっているのでしょう？　八雲さんはどうしてその人物を知っていたのですか？」

「見たのです。彼女がその人——津野いう人と二人きりで、深刻そうに話しているところを」

「いつ、どこでですか？」

「一週間くらい前に、観華子の家の近くにある喫茶店で見たのです。十分ぐらいのあいだ話してから、津野いう人だけが帰って行きました。それで、私が観華子の前に行って冷やかしたら、彼女、びっくりして、このことは秘密にしておいて欲しい言うて……とくにお父さんには絶対に内緒や言うて、ほんま、真剣そのものやったわ」

「なるほど……」

浅見はとっさに頭を働かせた。

「要するに八雲さんは、その人物が梅本観華子さんの恋人であるにもかかわらず、お通夜にも葬儀にも出席しなかった——したがって怪しいのではないか——と、そういう三段論法で疑ったのですね？」

「ええ、そうです。でも、その人までが殺されてしまったいうことは、やっぱし、私が言ったように、ほかにライバルみたいな人がおって、それこそジェラシーで殺されたのやないかしら」

冗談半分の当てずっぽうのように喋《しゃべ》っていたことが、こんな形で現実のものとなって、克子は震え上がったにちがいない。

「八雲さんが二人のデートを目撃した時ですが、二人の話の内容までは聞かなかったのですね」

浅見は訊いた。

「そんなん、根掘り葉掘り聞くほど、私は趣味が悪くありませんよ」

「しかし、恋人同士かどうかについては訊いたのでしょう？」

「ええ、それは訊きました。でも観華子ははっきりそうだとは言わへんかったのです。好きな人かって訊いたら、べつに肯定も否定もしなかったから、たぶんそうやないか思ってましたけど」

「そうだとすると、恋人ではなかった可能性もあるのではありませんか？」

「それはまあ……でも、あんな深刻そうな雰囲気やったし……もし恋人同士でないいうのやったら何やったのかしら？　それに、私が観華子に好きな人かって訊いたときに、なんで違うと言わなかったのかしら？」

「それはひょっとして、あなたにそう思わせておいたほうがいい、と彼女は考えたのかもしれません」

「なんでそんなことを？……」

「いや、ほんとうのことは分かりませんけどね。しかし、ほんとに恋人だったら、むしろ懸命に否定するでしょう。彼女はコスモレーヨンのメインモデルに抜擢《ばってき》されようとしていた時期ですからね。あえて否定しなかったのは、あなたの憶測が見当違いだったからかもしれません」

「そうやねえ……でも、やっぱし恋人だった可能性かてないことはないでしょう？」

「それはあります」

「でしょう。それやったら、ジェラシーで殺してしもうたことだって、ありますよ」

克子はさんざん考えぬいたあげくの結論を言うように断固とした口調だった。

浅見はそういう彼女の思いつめた気配に興味を抱きながら、言った。

「それで、八雲さんとしてはどうするつもりですか、やっぱり警察に届け出ないのですか？」

「どないしようかしら。警察に教えたりしたら、いろいろ面倒でしょう。それに、私まで犯人に狙《ねら》われるかもしれんし」

「まさか、そんなことはないでしょうけどね」

浅見は笑ったが、正直、笑いごとではない——という気もしないではなかった。

「もしあなたが警察嫌いなら、僕が代わりに届け出てあげましょうか」

「えっ、ほんまに？」

「それに、この話をあなたに聞いたことも内緒にしておきますよ」

「ほんま？　嬉《うれ》しいわァ」

克子はほっとしたように言って、大きく溜《た》め息《いき》をついた。もしかすると、最初から浅見が代役を務めてくれることを願って、電話してきたのかもしれない。

「それはそうと、一つだけ肝心なことを聞かせてもらえませんか」

浅見は言った。

「肝心なこと……何ですか？」

「八雲さんは、殺しの動機を『ジェラシー』だと言ったでしょう。そのジェラシーの相手が誰なのか、八雲さんは知っているのじゃありませんか？」

「えっ、私が？　まさか……」

克子は否定しようとしたが、逃げ途《みち》を失ったように言った。

「……そんなこと、知っているいうわけでなくて、それこそ憶測みたいなものやし……それに、浅見さんが言うたように、観華子と津野いう男の人の関係が恋愛関係でなかったとすると、私の想像は間違いいうことでしょう。そしたらジェラシーも間違いいうことになります」

「いや、あくまでも仮定の話としてで結構ですよ。ともかく、八雲さんはその人物について、何らかの心当たりがあったことは事実なのでしょう？」

「そらまあそうですけど、それかて、ほんまに当て推量いうことになりますよ」

「それで結構ですから、おっしゃってくれませんか」

克子はしばらく躊躇《ためら》ってから、思い切ったように言った。

「それはたぶん、コスモレーヨンの人やないかと思います」

「心当たりはあるのですか？」

「はっきりそうかどうかは分からしまへんけど、観華子がコスモレーヨンの専属になるいうためには、やはりそれなりのことがあったのやないかしら」

「それなりのこと？……というと、何のことですか？」

「いややわァ、浅見さんもとぼけやねえ」

克子は照れたような声を出した。大阪弁独特の陽気なニュアンスで、それまでの憂《ゆう》鬱《うつ》から、急に抜け出たような、艶《つや》めいた口調であった。

「はあ？　いや、僕は何もとぼけてなんかいませんよ」

「ほんまに？　ほんまやったら、浅見さんいうのは世間知らずのボンボンやわねえ」

克子は「ははは」と男のように笑って、あっけなく電話を切った。

「世間知らずのボンボンか……」

浅見は受話器を握ったまま、憮然《ぶぜん》として呟《つぶや》いた。

　どうやら、八雲克子の言っている意味は理解できたが、祭壇の写真の、あの清純そのもののように見えた梅本観華子が、そういう「それなり」のことをしていたなどとは、浅見としてはあまり考えたくなかった。

　しかし、父親には絶対に内緒にしておかなければならないような事情があったのだとすると、あながち克子の憶測を否定しきれないのかもしれない。

　もし、殺人の動機が「男女関係のもつれ」だとしたら、克子が想定しているような人物だって存在する可能性は、たしかにある。

3

　曾根崎署の捜査本部を訪ねてみると、戸川部長刑事は外出中だという。「たぶん食事やないかと思いますけど」と、応対した若い刑事が言っている。そういえばたしかに時刻はとっくに食事時間を過ぎていた。浅見も急に空腹をおぼえた。

　浅見は曾根崎署裏の賑《にぎ》やかな通りへ行って、お好み焼きの店に入った。大阪でお好み焼きを食べるというのが、長いこと浅見のひとつの願望であった。

店は半分ほどの入りであった。お客の多くは若い女性で、まれに男性がいると、判でおしたようにアベックの片割れである。もはや若いとはいえない男が、たった一人で店に入るのは、いささか気がひけたが、それよりも念願のお好み焼きに対する期待感のほうが勝った。

浅見を東京からの客と知って、店の女性が手際よくお好み焼きを作ってくれた。イカ、タコ、ブタ肉を鉄板の上で焼き、うどん粉と刻みキャベツを卵で溶いたものを載せる。じつに大胆なダイナミックな料理法である。しかも味付けの段取りは繊細だ。香りといい音といい、まさにシズル効果満点。浅見はかねがね、食いだおれの大阪でもお好み焼きは傑作中の傑作に違いない――とひそかに思っていた。それが現実に目の前で焼き上がってゆくのを見て、確信に変わった。

「さあどうぞ、召し上がってください」

最後の仕上げに粉末状のかつおぶしと青海苔《のり》をふりかけて、女性は陽気に言った。

何と呼ぶのか、金属製のヘラのような道具でお好み焼きを切って、あつあつのひと切れを口に放り込んで、浅見はフガフガしながら「旨《うま》い！」と言った。

「おいしいでしょう」と女性も嬉しそうである。

「うん旨い、大阪人のすごいのは、なんとかして客に旨いものを食べさせようとする熱意ですね」

「ほんま、そうですよ、お客さん、いいこと言わはるわ」

店の女性は浅見とほぼ同じ年配だろうか、お好み焼きを褒められ大阪を褒められて気をよくしたらしい。すっかり打ち解けて、浅見の話相手になってくれた。

「お客さん、きのうの御堂筋パレード、見やはりました？」

「ああ、見ましたよ」

「どないでした、盛大できれいなもんでしたやろ」

「うん立派だったなあ……しかし、人が死にましたね」

「そうですねん、それも殺されたんやそうですなあ。あのモデルさんいうのかタレントさんいうのか、亡くなりはった人、うちの店にも何度か見えはったんですよ」

「ほう……」

浅見はお好み焼きを切る作業を中断して、女性の顔を見上げた。

「たしか、会社がこのすぐ近くにあるのやなかったかしら、いつも三、四人で来て、賑やかにお喋りしながら食べてはったわ」

女性は記憶を辿《たど》る目を天井に向けて言った。そういえば、井坂プロモーションの住所はこの近くのはずであった。

「まだ若いのに、可哀相《かわいそう》やわねえ」

「ほんとだなあ、ひどいことをするやつがいるもんだ」

「やっぱり、妬《ねた》まれたのでっしゃろか」

「妬むというと?」

「そうかて、あの人、コスモレーヨンの専属タレントに抜擢されはったのでしょう。それで恨まれたのやないかいう話を聞きましたけどなあ」

「ふーん、そんな話、誰がしてました?」

「誰いうことはないけど……ただの噂《うわさ》みたいなものでしょう」

さすがに、女性は少し喋り過ぎたと反省したらしく、警戒する口調になった。

浅見はそういう話が、たとえ噂の域を出ないにしても、こんなところでも囁《ささや》かれていることに驚いた。大阪の「業界」の狭さのようなものを感じた。

曾根崎署に行くと、戸川は戻ってきていた。捜査本部には十人以上の捜査員が詰めていて、それぞれのデスクで日誌でもつけているらしく、妙に静かだ。

戸川も何やら手帳に書き込んでいる最中であった。浅見の顔を見て、露骨にいやな表情を見せた。

「何か用ですか？　忙しいのやけどね。それに、捜査状況を聞きたいのやったら、何も話すことはありませんよ」

「いえ、じつは、ちょっと僕のほうからお耳に入れたいことがあるのです」

「何ですか？」

「けさ、南御堂で男の人が殺されましたね。そのことでちょっと」

「ああ、その事件のことですか。それやったら所轄が違いますよ。南署のほうへ行ってくれませんか」

戸川は背中を向けた。

「そうじゃないのです」

浅見は苦笑しながら、戸川の耳元に口を寄せるようにした。

「こちらの事件――つまり、梅本観華子さんの事件との関連について、重大な事実があるので、そのことをお話ししようと思って来たのですよ。しかし、お忙しいのでは仕方ありません。どうもお邪魔しました」

言うと、浅見はすっと戸川から離れた。

「あ、あんた」

戸川は浅見の捨て台詞《ぜりふ》のように投げた餌《えさ》に飛びついた。

「えーと浅見さんでしたか、ちょっと待ってくれませんか」

戸川は立ってきて、浅見に顔を近づけるようにして、小声で言った。

「関連があるって、それ、どういうことです？」

「つまり、二つの事件のあいだには、何か関係があるのではないかという、そういうことです」

浅見は半分だけ体をひねって、言った。

「ふーん……」

戸川は首を傾《かし》げた。

「それ、ガセと違うやろねえ」

「さあ、どうでしょうか。そこまでは確かめていませんけど」

「ということは、誰かからのまた聞きいうことですか？」

「まあそうです。しかし信憑性《しんぴょうせい》は高いと思いますよ」

「誰です？　その人物は」

「それは言えません。言わない約束で警察に届けにきたのですから」

「しかし、そういうのは困るのやがねえ。市民は警察に協力する義務がある。まあしかし、とにかくその話いうのを聞かせてもらいましょうか」

戸川は浅見を追い越して廊下に出た。行く先は取調室に決まっている。

取調室に入ると戸川は人が変わったように鋭い目付きになった。向かいあわせに坐ると、なんとなく被疑者になったような気がしてくる。

浅見は梅本観華子と、南御堂で殺された津野という被害者が知り合いであったことを話した。

「たぶん二人は恋人同士ではないかと、その人は言っているのですが」

「ふーん……ということは、つまり、何者かが男女関係のもつれで二人を殺害したいうわけですか」

思ったとおり、刑事は克子の嫌った表現をした。

「しかし、恋人同士いうのはどうかなあ」

と、戸川は首をひねった。

「もし恋人同士やったいうのなら、梅本観華子が殺された夜、津野が難波のカラオケスナックで騒いどったいうのが、理解できんことになりますな」

「えっ、そんなことがあったのですか」

　浅見は意表を衝《つ》かれた。

「それが事実なら、恋人同士というのは、間違いかもしれませんね」

「まあ、常識で言うたら、間違いいうことになるでしょうな」

「しかし、だとしても、二人が相次いで殺されたというのは、単なる偶然ではないと思いますが」

「さあねえ、偶然でないいうと、どうだと言うのですか？」

「たとえば、難波のカラオケスナックで騒いでいたというのだって、もし津野という人が、観華子さんを殺した犯人か、あるいは犯人の片割れだということになれば、話はべつです。御堂筋パレードという衆人環視の中で、みごとに完全犯罪をやり遂げたのですから、祝杯の一つも上げたくなるでしょう」

「しかし、その後で津野は殺されてしまったのですぞ。そのことについてはどう説明するんです？」

「それは仲間割れかもしれません。あるいは津野さんの口を封じるために消されたとも考えられるでしょう」

「なるほどなあ……しかしあんた、いろいろ考えるもんやねえ」

戸川は冷やかし半分のように、オーバーに感心してみせた。

「しかし浅見さん、いずれにしても、梅本観華子と津野亮二が恋人でないとすれば、あんたの言うた目撃者の話は、信憑性がまったく失われてしまういうわけですな」

「いや、恋人かどうかはべつとして、二人が会っていたという事実は、やはり認めていいと思うのですが」

「さあねえ、それかてあてにならんのと違いますか？　あくまでもほんまや言うのやったら、ぜひとも、その目撃者を連れて来ていただかなあきまへんな」

戸川はそう言って、ジロリと上目遣《うわめづか》いに浅見を見た。

4

畑中有紀子は結局、観華子の葬儀には顔を出さずじまいになった。昨夜の時点では参列するつもりでいた。それを取り止《や》めにしたのは、むろん昨夜の「幽霊」のせいである。恐怖で夜明け近くまで眠れなかった。窓のカーテンに明かりがさし込むのを見てから、ほっとして眠りに落ちた。

目覚めたときは、出棺予定の正午をとっくに過ぎていた。観華子の遺族や、それに井坂や仲間たちにどう思われるか、少し気にはなったけれど、いまさらどうしようもない。

有紀子はマンションを出て、近所の喫茶店でコーヒーとスパゲティの食事をした。昼食どきには付近のサラリーマンでごった返す店だが、二時を過ぎたとあって、店はガランとしていた。

「ゆんべ、南御堂さんで人が殺されたの、知ってはる?」

見るからにいま起きたばかりという有紀子に、喫茶店のママが言った。

「えっ、ほんまに?」

有紀子はゾーッとした。

「ほんまよ、午前二時ごろいうから、まさに丑三《うしみ》つ時《どき》やわね」

「そしたら、殺されたのは、女の人とちがう?」

「ううん、男の人よ。昼のニュースで見たけど、三十なんぼだかのサラリーマンとか言うてたわ。そやけど、あんた、何で女の人と思うたの？」

「べつに何でいうわけやないけど、もしかしたらそうかな、思ったもんだから」

「そう、どっちにしても気味悪いわねえ、あんたのお友達の観華子さんいう子ォも殺されたし、まったく気色悪い世の中やわ」

有紀子はこの店に観華子を連れて、二度ほど来たことがある。

「それで、お友達を殺した犯人やとか、そういうこと、何も分からへんの？」

ママはしきりに知りたがった。

「ほんま言うとね、昨夜、彼女の幽霊を見たんよ」

有紀子は言った。ママは「えっ」と言ったきり、目を丸くして黙った。

「昨日の夜、お通夜に行って、遅く帰って来たのやけど、そこの道路のところで、幽霊に出会ったんよ」

「ほんまに観華子さんの幽霊やったの？」

ママは肩をすくめ、体を震わせた。

「そう思ったわ。ほんの一瞬やったけど……それで、昨夜殺された人いうのが、女の人やったのやないか、思ったのよ」

「ふーん……」

ママは眉《まゆ》をひそめながら、じっと有紀子を見つめていた。

夜になってから、畑中有紀子のところに南署の刑事が二人訪れている。

「そこの喫茶店で聞いてきたのですが、おたくさん、昨夜、何か不審な人物を見たのやそうですね」

刑事はそう言った。

有紀子は「ええ」と答えながら、喫茶店のママに余計なお喋りをしたことを後悔していた。

「おたくさんの見たいうのは、どういう女性だったのですか？」

二人の刑事は玄関先に並んで立って、愛想のいい顔をして訊いた。

「どういうって、顔とかはあまりよく見ていないのです。暗かったし、それに、幽霊やないかと思ってましたから」

「ははは、幽霊とはまた……」

刑事は笑って、「ママの話によると、パレードのときに殺された、えーと、梅本観華子さんの幽霊ではないか、思ったとかいう話ですな」

メモを見ながら言った。

「ええ、そう思ったのです。アリス——白い犬の名前ですけど、まるでアリスを抱いているようにも見えましたし」

「その女性ですがね、どっちのほうから来たのですか？」

「さあ、気がついたら目の前にいてましたから、どっちから来たかは知りません。ただ、私は駐車場のほうからマンションの方角——つまり南へ向かって歩いていましたから、たぶんそっちの方角から来たのやと思いますけど」

「つまり、南御堂のほうからいうことですかねえ」

「方向としてはそうですけど、南御堂さんから来たのかどうかは知りません」

「挙動におかしなところはありませんでしたか？」

「おかしなところって？」

「たとえば、逃げて来た様子があったとか。オドオドしておったとかです」

「いいえ、オドオドしたのは私のほうですから」

「ははは、そうやったですな、幽霊を見たと思ったのですからな」

刑事はまた笑って、何か気がついたことがあったら連絡してくれと言い残して引き上げて行った。

ところが、翌朝になると、刑事は三人連れでやって来た。新顔の一人はなんと、梅本家で見た戸川という刑事であった。

三人の刑事は狭い玄関に立って、窮屈そうにしていたが、有紀子はお世辞にも「上がれ」とは言わなかった。

「昨日、あれから署に帰ったところ、被害者の津野さんと梅本観華子さんが知り合いだということが判明しましてね。それでもって、梅本さんの事件の捜査本部から戸川さんに来てもらったのです」

警察のそういう内部事情がどうなっているのか、有紀子にはまったく知識がない。とにかく面倒な相手が二倍になったことだけはたしからしい。

「ちょっと聞いたのですがね」と、戸川は早速言い出した。

「なんでも、しばらく前に、すぐそこの道路で、おたくさんの可愛がっていた犬が車に轢《ひ》かれたのやそうですな？」

「ええ、そうです」

有紀子は唇を噛《か》み締めて、頷《うなず》いた。

「それがアリスという犬なのでしょう？」

「ええ」

「ところが、おたくさんは、梅本さんの幽霊がアリスを抱いておったと言うたそうやが、それはどういう意味ですか？」

「どういうって……べつに、ただそう思ったから、そう言うただけです」

「ただ思っただけいうことはないでしょう。何かそれなりに理由があるから、犬を抱いた幽霊を見たのと違いますか？」

「…………」

有紀子は黙った。刑事がどういう意図で訊いているのか、心臓が痛むほどの緊張感に襲われた。

「聞くところによると」と、戸川はかさにかかって言った。

「アリスとかいう愛犬ですが、もしそのとき、梅本さんが声をかけなければ、車に轢かれるようなこともなかったいうことですなあ。つまり、あんたにとっては、可愛い犬を殺されたかたきみたいな恨みが残っていたのと違いますか？」

戸川の質問は核心を衝いている。たぶん向かいの花屋あたりで聞き込んできたにちがいない。

「何が言いたいのですか？」

有紀子は震える声で、ようやく反駁《はんばく》した。

「たしかに私は観華子を恨みました。だけど、それがどうしたいうのですか？　誰を恨もうと、私の勝手やし、それに、観華子のせいでアリスが死んだいうのは、ほんまのことですものね」

「なるほど、そういうわけですか？」

戸川は満足そうにニヤリと笑った。彼としては充分な収穫があったということなのだろう。

「ところで」と、刑事が言った。

「津野さんが殺された時刻と、あなたがその幽霊を見たいう時刻が、ほぼ一致しているようですが、間違いありませんか？」

「知りません。私が家に帰ったのは二時ごろでしたけど、その人が殺されたのが何時か、そんなこと知りません」

有紀子はそっけなく答えた。

「あなた自身は、駐車場から真っ直ぐお宅に戻られたのですか？」

「ええ、そうですけど」

「南御堂さんのほうへは行ってないのでしょうな？」

「行きませんよ、そんなところへは」

軽蔑《けいべつ》するような目で睨《にら》んだが、刑事はいっこうに感じた様子はない。

「ところで、この人物に見覚えはありませんか」

刑事は手帳に挟んだ写真を有紀子に見せて訊いた。中年男の写真であった。

「さあ……そういえば、どこかで見たことがあるような気がしますけど」

「お知り合いなのですね」

刑事は勢い込んで言った。

「知り合いというわけではないと思いますけど……でも、どこかで見たことがあるような気がします。あの、どなたなのですか、この人？」

「ほんとうに分からないのですか？」

「ええ、見たことがあるような気がするけど、どうしても思い出せません」

「ほんとうは知っているのじゃありませんか?」

「いいえ……でも、どうしてそんなことを言うのですか?」

有紀子は怪訝《けげん》に思って、写真を見ていた視線を、何気なく刑事に向けて、ギョッとなった。三人の刑事は鋭い視線をこっちに向けていた。明らかに何かの疑いを込《こ》めた視線であった。

「あの、何ですの、いったい?……」

有紀子はうろたえながらも、反発するように言った。

「この人、誰ですの?」

「この人——津野さんは南御堂で殺された被害者なのですがねえ」

「えっ……」

有紀子はあらためて写真を見て、「あっ」と言った。

「なんや、それやったらテレビで写真を見とったから、それでどこかで見たような気がしたいうことやないですか」

「それだけやないでしょう。この津野さんはおたくさんの友人であった、梅本観華子さんの恋人と考えられるのですがね」

「えっ、観華子の？……」

有紀子は息を飲んだ。またしても、アリスを抱いた観華子の幽霊が脳裏に蘇《よみがえ》った。

「まさか……」と有紀子は呟いた。

「そしたら、その人、観華子の幽霊に殺されたのと違うかしら」

三人の刑事は、一瞬、呆《あき》れたように有紀子を眺め、それから笑い出した。

「ははは、幽霊に殺されたですか、そりゃおもろいわ」

戸川は言葉とは裏腹に、面白くもなさそうに言った。

5

浅見は少し寝坊して、十時にホテルを出てコスモレーヨンに行った。コスモレーヨン本社ビルは中央区淡路町《あわじまち》にある。地上十二階の比較的新しい建物だ。

奥田宣伝部長は憂鬱そうな顔で浅見を迎えた。「昨日はどうも」と浅見が頭を下げたのに、「どうも」と応えたが、笑顔をつくる気力もないらしい。

「副社長に呼ばれましてね、叱《しか》られたところですよ」

そう言って、やっとこ苦笑した。

「パレードの不手際を言われるのだが、しかし、あれは不可抗力でしょう。ねえ浅見さん、そう思いませんか」

「もちろんそうですよ、奥田さんの責任じゃありませんよ」

「おおきに。しかし社内ではそうは見てくれんのですなあ。まあ、当分は風当たりが強いのを覚悟せなならんでしょう」

この日の予定は、コスモレーヨンの工場見学である。本来ならば昨日のはずだったのが、奥田ともども梅本家の葬儀に付き合ったために、一日延期された。

奥田と浅見は会社の車で泉大津《いずみおおつ》市にあるコンビナート地区へ向かった。都心部から高速道路に乗ればほんのわずかの距離である。

堺市あたりからずっと、大阪湾沿岸部には工業施設と港湾施設が展開する。もはや堺市近辺には立地スペースがなく、コンビナートは泉大津市以南から和歌山方面へと際限なく広がってゆくのだそうだ。

「うちの工場は早くから手がけてますので、どうにかこうにか和泉《いずみ》あたりに建ったいうわけです」

コスモレーヨンの工場は臨海工業地帯にある、各社工場の中でも、もっとも広い敷地を誇っているのだそうだ。そこに平たい建物が幾棟も並び、石油コンビナート独特の、金属製のごついパイプや煙突、タンクなどがひしめいている。

工場長は山際《やまぎわ》という取締役で六十年配の上品な紳士であった。決して偉ぶった態度や話し方をしない。若いルポライターでしかない浅見にも、きちんとした客に対するように接してくれた。

ただし、だだっ広い工場を急ぎ足で歩くのには参った。山際工場長の案内でひとおり見学を終えたころには、浅見はただむやみに疲れた。

山際は施設の案内ばかりでなく、製品の説明にも熱心だった。化学繊維の主原料はもちろん石油である。林立するさまざまな施設がどういう機能を持っているのか、技術者らしい几帳面《きちょうめん》さで話している。しかしいくら説明を聞いても、浅見にはさっぱり理解ができない。あの美しい「夢の繊維」フリージアスロンが、このいかつい施設の中から生み出されるというのは、まるで神の手が泥沼に蓮《はす》の花を咲かせるような不思議なことに思える。

応接室での昼食の時間に、ようやく山際がいなくなったのを見すまして、浅見はそのことを奥田に告白した。

「ははは、私かて、どういう原理になっているのかなんてこと、知りませんがな」

奥田は笑った。

「そんなことはともかくとして、こういう立派な工場と優秀な技術陣の手で、フリージアスロンが作り出されることを強調してくだされば、それでよろしい。とにかく、フリージアスロンこそわが社の救世主であることだけは事実なのですからな」

「へえー、フリージアスロンというのは、そんな大発明なのですか」

「大発明も大発明、正直なところ、繊維産業は日進月歩ですからな、現在の商品がいつ陳腐化するか分かったものではないのです。かりにこの発明が他社で行なわれとったら、この先十年間、コスモレーヨンは無配に転落しかねないほどのものなのです」

「ということは、コスモレーヨンがフリージアスロンを発明したことによって、他社が被害をこうむるというわけですか?」

「まあそういうことになりますな。しかし、他社は多角化が進んでおりますから、わが社がそうなった場合ほどにはダメージを受けんかったでしょうがね」

「だとすると、発明者は相当に優遇されているのでしょうね。ひとっ飛びに重役さんにしてもおかしくないかもしれません」

「ははは、まあねえ」

奥田は苦笑いをした。

「そうだ、奥田さん、その人とは会えないのですか？」

浅見は訊いた。できれば発明者に会って、じかにフリージアスロンの話を聴ければ、それに越したことはない。

「もう、会うたやないですか」

奥田は笑いながら言った。

「えっ？　会ったって……じゃあ、あの山際工場長ですか？」

「そうですよ。もっとも、実際の発明は息子さんとの共同研究の成果やそうですけどな。本来なら息子さんのほうが、それこそ重役になってもええほどの功績やけど、まだ三十そこそこやさかい、親父さんのほうが息子の七光《ななひかり》で出世したいうところですわ」

「そうだったのですか……」

浅見は「息子の七光」が耳に痛かった。

昼食後、ふたたび山際にインタビューすることになって、出来のいい息子の話をした。

「ははは、ほんま、息子の七光ですな」

山際工場長はこっちが何も言わないうちに、先回りしてそう言った。屈託なく笑って、浅見の意見を肯定した。

「しかし、勉強もろくすっぽせん思うとった息子ですが、いつのまにか大変な発明を進めとったもんだと驚きました」

奥田は「共同研究の成果」などと言っていたが、どうやら「発明」は息子の単独研究によって完成されたものらしい。世の中には立派な息子が多くて、浅見は肩身が狭い。

「どないでっしゃろ、息子さんとご一緒の写真を撮って、親子対談みたいな形式のインタビュー記事を載せるいうのは」

奥田が急に思いついて、提案した。浅見としても反対する理由はない。むしろ「対談」の分だけ原稿量が少なくてすむから、「それはいいですね」と賛成した。

山際工場長は最初しぶったが、結局、会社のＰＲのため——という奥田の強引さに負けて息子を呼び出した。

　山際義和《よしかず》は長身の二枚目だった。阿部なんとかいう人気モデルと風貌《ふうぼう》が似ている。浅見よりは少し年下のはずだが、どことなく人を見下したような喋り方をする癖がある。

「技術的なことを話しても、おたくには分からないでしょう」

　薄笑いを浮かべながらそう言った。

「そうですねえ、正直なところおっしゃるとおりです」

　浅見も苦笑して、頷いた。

「しかし、読者だって僕と似たようなものだし、むしろ、発明にいたる苦労ばなしみたいなもののほうがPR誌向けかもしれません」

　その方針で親子は会話を交わした。いくぶん緊張しているせいか、まるでふつうの社員同士か科学者同士が喋りあっているように、ぎこちない会話になった。

「家庭的な話題も入れましょうか」

　浅見の提案で、話題をそっちのほうへ持って行った。

「ところで、いつになったら嫁さんを貰《もら》うのかね」

　父親が皮肉な目をして言った。浅見は思わず、「えっ、まだ独身なのですか?」と口を挟《はさ》んでしまった。

「ああ、まだ独りですよ」

山際義和は例の薄笑いで答え、「いけませんか？」と横目で浅見を見た。

「いえ、とんでもない。僕もまだ独りですから」

「ははは、そうですか……工場長、僕より上手《うわて》がいるやないですか」

「そんなもん、人さまのこととは関係ないやろが」

父親はニコリともせずに脇《わき》を向いた。

結局、親子という印象の希薄な、距離のある会話に終始した。技術屋とはそういうものなのか――と浅見はなんだか索漠《さくばく》としたものを感じた。

そのせいではないけれど、「対談インタビュー」は短めで切り上げた。それに、午後二時からは大阪のスタジオでテレビＣＭの撮影が始まるので、その現場を取材することになっている。

「折角、梅本観華子さんでミスフリージアスロンのＣＭを作ったのに、また撮り直しですわ」

奥田は発明者親子に向けて、残念そうに言った。梅本観華子が死んで、ミスフリージアスロンには準ミスの畑中有紀子が宣伝物の主役に起用されることになった。

「ほんまに可愛い子ォやったのに、気の毒なことやねえ……」

父親は観華子を惜しんで慨嘆した。

「しかし、その代わり畑中有紀子が幸運に恵まれたのだから、いいじゃないですか。世の中、一人が幸福になれば、べつの一人が不幸になると決まっているのです。それでなくてはバランスが取れない」

息子は冷やかな口調で言った。

（いやなヤツ――）と、お人好しの浅見としては珍しく不愉快な気分がした。

「なんや、おまえ、梅本観華子さんのほうがええ言うとったんやないのか」

工場長が不審そうに言った。

「いや、どっちだって構わんでしょう。CMタレントが誰になろうと、さして重要な問題じゃありませんよ。要するにフリージアスロンそのものの商品力が強いのですからね、宣伝なんてなくても大した問題じゃない」

「おいおい、そう言ってしもうたら、わしらの立つ瀬がないようになるがな」

奥田宣伝部長が苦笑しながら、遠慮がちにクレームをつけた。

「あ、ははは、そんなふうに取られましたか。それやったらすみません、そういう意味で言ったのじゃないのです」

最後に白けた雰囲気で散会した。父親の工場長はエレベーターの前まで送ってきたが、息子のほうはさっさと消えてしまった。

「困った息子です」

別れを言う寸前、初老の工場長はポツリと呟くように言った。

ドアが閉まるとき、頭を下げた工場長の姿が小さく見えた。

「そうだったのですか、ミスフリージアスロンを梅本観華子さんに決めたのは、あの息子さんの意見によったのですか」

エレベーターが動きだすと、浅見は黙っていられなくなって、そう言った。

「いろんな人に聞いたところでは、最初はダントツで畑中有紀子さんが有力だったそうですから、どうして引っ繰り返ったのか、疑問に思っていたのです。発明者の意向が働いたとあれば、仕方がありませんかねえ」

「まあそういうことですな」

奥田は仏頂面をした。

「とにかく、社長が山際君の肩を持つもんやから、私も一応、推薦することにしたのやけど、ほんまのことを言えば、最初は私を含めて大勢は畑中有紀子のほうを買うておりました。ネームバリューから言うても圧倒的やったし、それにやっぱし、タレントとしても、畑中有紀子のほうが数段、上やったですからな。そういう意味から言えば、たしかに山際君の言うとおり、梅本観華子が消えたほうが結果としてはよかったかもしれんですがね」

「なんだか冷酷なおっしゃり方ですね」

浅見は眉をひそめて、抗議するような口調で言った。

「え？　ああ、いや、まともに受け取らんでくださいよ。大阪の人間はすべて冷酷やなんてことはありません。私は……私ばかりでなく、ふつうの感情を持っとる者なら、誰かて梅本観華子の死を悼《いた》んどりますよ。彼のようなんは、ごく珍しい」

最後は吐き出すように、奥田は言った。

玄関から駐車場まで、二人は黙りこくって歩いた。山際義和から与えられた刺《とげ》だらけの「土産《みやげ》」が鬱陶《うっとう》しかった。

車が門にさしかかったとき、受付の警備員が門を挟んで、外の人物と何やら押し問答をしているのが見えた。奥田が車の窓を開けると「会うだけや言うとるやろ！」と叫ぶ声が聞こえた。

門の外にいるのは中年の男である。たぶん作業用の制服なのだろう、黄褐色の粗末なジャンパーを着ている。

受付の建物から守衛が出てきて、「すみません、ちょっと待ってください」と、門のほうを窺《うかが》いながら言った。

「また来とるんかね」

奥田は小声で言った。守衛は「はあ」と、顔をしかめた。

「何なのですか？」

浅見は訊いたが、奥田は「いや、大したことやないのです」と言葉を濁した。

だが、それを打ち消すような勢いで、門の外の男の大声が聞こえた。

「コスモいう会社は、ドロボーみたいな真似をするのか！」

浅見はギョッとして、奥田の顔を見た。奥田は苦い顔を浅見の反対側に向けて、

「人聞きの悪いことを……」と舌打ちした。

第四章　発明者

1

車を出したくても、男が頑張っているので、門扉を開けるわけにはいかないらしい。開ければ多分、男が飛び込んでくるだろう。守衛は「いま応援を頼みましたので」と、しきりに恐縮している。

「泥棒とは穏やかじゃありませんね」

浅見は笑いながら言った。「いったい、コスモレーヨンが何を盗んだと言っているのでしょうか？」

「あほらしい話なのです」

奥田宣伝部長は、なんとかその話題から逃れたいのだが、そうもいかないと観念したらしく、吐き出すように言った。

「あの男は、例のフリージアスロンは自分の発明したものだと主張しておるのです。つまり、それをうちの社が横取りしたと思い込んどるのですなあ」

「横取り？……」

「そうです、そう言うてるのやそうです。あほらしい話です。よく発明マニアいうのがおるでしょう。まあ、そのたぐいやないか、思いますけどな。それにしてもひつこいやっちゃ。夕方まで、ああやって立ってるのですからな」

奥田の「ひつこい」という大阪訛《なまり》に、憎々しげなニュアンスが籠《こ》められていた。

「どういう根拠でそんなことを言うのでしょうか？」

「根拠も何も……単なる誇大妄想でしょう。よくあることですがな」

応援のガードマンが二人、駆けつけた。守衛は門を開けて、「どうぞ」と合図を送って寄越した。こっちの車が通過するより早く、例の男が突進してきたが、三人のスクラムに制止され、何か意味不明の罵声《ばせい》を投げている。その目は怒りのあまり狂人のように血走っていたけれど、どこかに悲しげな気配も感じさせた。

浅見は男の姿が見えなくなるまで、何度も背後を振り返った。妙にあの中年男が気にかかってならない。フリージアスロンの発明にかかわっているということも、看過できないような気がした。

車は湾岸沿いの広い道路を北上した。この付近は極端に緑が少ない市街地である。道路の両側には丈の低い民家と、新しく建ったらしいマンションがひしめいている。

「このあいだのふぐ料理の店、この辺りじゃなかったでしょうか」

浅見は周囲の風景に視線を走らせながら、言った。

「そうです、もうちょっと北へ行ったところですけどな」

「あれはおいしかったですねえ。そうだ、もし時間があるのなら、僕だけ下ろしてもらって、ちょっと寄って行きたいのですが、だめでしょうか」

「ああ、そらあきまへん。あの店は昼間はやっていまへんのや。さっきの食事では足りませんか？　それやったら、難波にも安うて旨《うま》いふぐを食わせる店がありますよって、そっちへ行きましょう」

「いえ、そうじゃなくて、ついでにその店の写真だけでも撮っておきたいと思ったものですから。つまりその、観光ガイドブックに売りつけるのです」

「あははは、アルバイトでっか。そら、構しまへんが、しかし時間がありませんなあ。スタジオのほうへ急がななりまへんさかい」

「そうですか……」

もともと、ふぐ屋のことは、奥田と別れて工場の様子を見に行きたいがための口実にすぎない。浅見はもう一度振り返って、誇大妄想男への未練を断ち切った。

時間がないと言ったものの、奥田はわざわざ寄り道して、「安くて旨い」と言ったふぐ屋を案内してくれた。難波の黒門市場《くろもんいちば》にある浜藤《はまとう》という店で、新鮮で安いふぐを食わせる店として、大阪でもっとも評判の店のひとつだそうだ。

黒門市場というのは、難波の千日前《せんにちまえ》の横にある。鮮魚の品ぞろえでは日本一といってもいいでしょう……と奥田は自分のことのように自慢した。東京の築地魚河岸《つきじうおがし》とちがって、一般の客が気軽に行けるし、浜藤のような食事のできる店もズラッと並んでいる。

庶民的で活気があって、何よりも新鮮な商品が豊富なことはたしかだが、東京人の浅見はそのことよりも、黒門市場のたたずまいに、いささか驚かされた。

表通りから市場の横町に入るとっつきのような場所に、ペットショップがある。小鳥からイヌ、サルまで売っている店で、鳥籠《かご》や犬の檻《おり》が道路端までところ狭しとばかりに並び、鎖に繋《つな》がれたサルが道路まで出て、通行人に愛嬌《あいきょう》を振りまいている。

それはいいのだけれど、その向かい側に、狭い道路ひとつ隔てて鮮魚の店があるのにはびっくりした。鳥が羽ばたけば、羽毛やゴミが飛んできそうな距離である。いきのいい魚が並んでいて、食欲も購買意欲もそそられるのだが、反対側のペットショップを見ると、ちょっと尻込《しりご》みしたくなる。

「これでよく保健所が何も言わないものですねえ、東京では絶対にお目にかかれない光景です」

浅見はなかば呆《あき》れ、なかば感心してそう言った。

「そんなもん、魚をそのまま食べるわけやないし、いっこうに気にならんです」

奥田はこともなげに言う。たしかに、往来する客たちも気にする様子もなく、あれこれと品定めをして魚を買っている。気取りがないというのか、大阪式合理主義というのか、それも浅見の目には新鮮に映った。

2

ＣＭの撮影スタジオは天満橋《てんまばし》の近くだというのだが、浅見は例によって、どこをどう走ったのか分からないうちにスタジオに到着した。

すでにタレント連中と撮影スタッフは勢揃《せいぞろ》いしていた。友納未知と正木雛美、それにもう一人、浅見の知らないモデルが、すでにホリゾントの前に立って、フリージアスロンの衣裳《いしょう》に扇風機の風をはらませながら、照明を浴びている。

梅本観華子の死によって、一躍、メインモデルに昇格したかたちの畑中有紀子は、最後にメイキャップ室から出てきて、まず奥田に挨拶《あいさつ》して、後ろに浅見がいるのを見て「あらっ」と華やいだ声を上げ、近づいてきた。

「あの、浅見さんにあとでご相談したいことがあるのですけど」

顔をくっつくほどに寄せて、周囲の耳を意識した小声で言った。

「へえ」と奥田は冷やかすような目を、浅見と有紀子に交互に送った。

「なんやら穏やかでないな。浅見さんも隅におけまへんなあ」

「そんなんやありません、今度の事件のことで、折り入ってご相談したいことがあるのです」

有紀子はむきになって弁解した。

「事件のことで相談て、何やね」

「そら……部長さんには言えません」

「ほれ、見てみいな、やっぱし怪しいやないか」

「違いますって。部長さんかて言うてはったやないですか。浅見さんが私たちの代わりに警察に交渉したりしてくれはるのとちがいますの？」

「それはまあ、そうやけど……そしたら、わしに話せんようなことで、なんぞ事件に関する心配事でもあるいうのか？」

奥田はかえって怪しむ目になって有紀子を見た。

「分かりました」と浅見はその視線を遮るように、陽気に言った。

「じゃあ、このお仕事が終わるまで待っていましょうか」

「いや、それはだめでしょう」

奥田は両手を上げて言った。まるで二人の恋路を邪魔するような、邪険な口調だ。

「ここの撮影は何時に終わるか、分かりませんからね。なあタケちゃんよ、遅くまでかかるんやろ？」

CM制作の担当者らしい部下に訊《き》いた。「タケちゃん」と呼ばれた男は、「そうですね、深夜までかかるでしょう」と答えた。

「あら、私たちも？」

有紀子が不満そうに訊いた。

「いや、畑中さんの分は、七時か八時にはすみますよ」

タケちゃんが言うと、有紀子はほっとして、すがるような目を浅見に向けた。

「そしたら、そのあとでどないですか？」

「いいですよ、僕は夜には多分、ホテルに戻っていますから、電話してみてくださ い」

「ああよかった……」

「あかんあかん、ホテルなんかに行ったらあかんよ」

奥田が真顔で首を横に振った。

「有紀ちゃんがホテルでハンサムな青年に会っとったなんてことがバレたら、マスコミが黙ってへんがな。たちまちスキャンダルや。何しろ、有紀ちゃんはウチの大切なイメージキャラクターなのやから、慎重に行動してもらわなあかんよ」

「そんなこと言われたかて……そしたら、どこで逢《お》うたらええのですか？」

「そんなこと知るかい。電話で話したらええやろ」

「電話で話せることと違います。浅見さん、どこか決めてもらえませんか」

「ははは、僕は大阪のことはぜんぜん分かりませんよ。それじゃこうしましょう。この仕事が終わるころを見計らって、もう一度、このスタジオにやってきます」

「そうかて、スタジオでは話もできませんしなあ……よろしいわ、そしたらこの近くのどこか、食事する場所を考えときます」

有紀子はそう言って、呼びにきたアシスタントディレクターに急《せ》かされながら、ライトの準備ができたフロアに出て行った。

奥田にもらった絵コンテによると、フリージアスロンのＣＭは、光の特殊効果とコンピュータ処理によって幻想的な画面づくりをするらしい。

モデルは四人登場し、有紀子が主役で、ほかの三人のモデルを従える女王のように振る舞う。それぞれのモデルは、フリージアスロンの長い布でつくられたコスチュームを纏《まと》っている。布はスケスケだから、ほとんどヌードと見紛《みまが》うばかりだ。見た感じは、インド女性のサリーのようでもあり、ギリシャ神話の女神を思わせるような、ファンタスティックな装いである。

床にふんだんにスモークを流し込み、さまざまな色のライトを当てると、たちまち夢幻のような雰囲気が醸《かも》し出された。

扇風機で風を送り、「花びらの軽さ」をアピールするフリージアスロンの特徴を出そうとするのだが、布のなびき方や、スモークの動きなど、なかなか満足のゆくものにはならないらしく、何度もNGが繰り返された。この分だとたしかに、スタッフの言ったとおり、撮影は深夜までかかりそうだ。

浅見はしばらく撮影に付き合って、手空《てす》きのスタッフやモデルから、フリージアスロンについての感想を聞いたりしたあと、ひと足先にスタジオを出た。

「これからどちらへ?」と、奥田は時計を見て、訊いた。

「大阪の街を少し歩いて、ルポの資料にしたいと思っています」

「そうでっか……一緒に行って、案内でけたらええのやけど、こっちの監督もせなあかんのでして」

立場上、しばらく撮影に付き合わないといけないらしい。

「浅見さん、有紀子のことは、くれぐれも頼みまっせ」

玄関まで送ってきて、奥田は気掛かりそうに言った。「頼む」というのは、むろん、有紀子の相談に乗ってやってくれ――という意味ではなく、あぶない関係にはならないように――と釘《くぎ》を刺しているのだ。

「大丈夫ですよ、僕はそんなにモテませんから」

浅見は苦笑して手を振った。

3

街の見物と言ったが、浅見は地図を調べると、とにかくタクシーで難波まで行き、難波から南海電車に乗って泉大津へ向かった。むろん目的地はコスモレーヨンの工場である。

あれから時間もかなり経過しているので、なかば諦《あきら》めてはいたが、正門前に辿《たど》りつくと、例の中年男はまだそこにいた。

すでに夕暮れ近く、工場の向こうの瀬戸内海を渡ってくる風は冷たく、じっとしているると風邪《かぜ》を引きそうだ。

工場の周辺はだだっ広く、電柱以外に身を隠すようなものもない。浅見は門の中にいるであろう、コスモレーヨンの守衛やガードマンの目に触れないように、はるか遠い位置から男の様子を観察した。

男はさすがに疲れたのか、何も言わず、ただじっと突っ立って、門の中を睨《にら》みつけている。

午後五時、終業を告げるサイレンが鳴って、やがて従業員が門からあふれ出てきた。ほとんどが徒歩だが、かなりの数の人間はマイカーで通っているらしい。門から次々に車が走り去って行く。

男は、出てくる人々に、掠《かす》れた声で懸命に訴えているのだが、聞いているほうは「またか」というように、一瞥《いちべつ》を与えるだけで、どんどん通り過ぎてしまう。最後には男のほうも諦めたのか、何も言わずに佇《たたず》んで、人々の流れを見送るばかりであった。

ものの十分ばかりで、人波は途切れ途切れになった。男はゆっくりときびすを返して疲れきって、脚をひきずるように歩き始めた。浅見も彼のあとについて行くことにした。

男は近くのバス停を通り過ぎて行く。電車の駅へ向かうのかもしれない。浅見が地図で調べたところによると、最寄りの駅まではおよそ二キロ近くもあるはずだ。

一キロほど歩くと、広い幹線道路を横断する。その向こうは住宅や商店がひしめく街である。駅までの通りの両側には、ポツリポツリと飲食店も並ぶ。

男はしばらく行ったところにある、小汚いラーメン屋に入った。

浅見が遅れて店に入ったときには、すでに男はカウンターに坐り、何かを注文したあとだった。流行《はや》らない店なのか、それとも時分どきにはまだ早すぎるのか、男のほかに客の姿はなかった。

浅見も男と並んでカウンターに腰を下ろして、味噌《みそ》ラーメンを頼んだ。男は浅見の顔をチラッと見たが、むろんこっちの素性に気づいてはいない。

男の前にはコップ酒が出された。ザーサイの漬物をつまみながら、男は酒を旨《うま》そうに飲んだ。とたんに、表情から疲労感が抜けてゆくように見えた。

「きょうも行ったのでっか?」

ラーメン屋のおやじが訊いた。

「ああ、行った」

「どないでした?」

「あかんあかん、どうもならん」

男は自嘲《じちょう》するように言って、首を横に振った。そういう会話はおやじと客のあいだで、これまでに何度となく繰り返されているのだろう。おやじも男も、それ以上、会話をつづける意図はないらしい。

男が注文した塩ラーメンも、浅見の味噌ラーメンも相次いで出された。あとで畑中有紀子と食事をする約束があるのを思い出したが、浅見の胃はラーメンを欲していた。

男はどうやら、ラーメンを酒の肴《さかな》にするつもりなのか、のんびりした食い方で、浅見が食べ終わっても、まだ半分も進んでいなかった。その代わり、酒のほうはじきに三杯目になった。

浅見は爪楊枝《つまようじ》を使いながら、「ひどい話ですねえ」と呟《つぶや》いた。

はじめ、おやじは何か言われたのかと思ったらしく、「へ?」というように、問い返した。

「いや、ひどい話だと言ったのですよ」

浅見の東京弁は、おやじにはあまり好感をもって迎えられなかったようだ。「何がひどい言うのでっか？」と、半分喧嘩《けんか》腰のように言った。ひょっとすると、食い物にケチでもつけられるのかと思ったのかもしれない。

「フリージアスロンのことですよ」

浅見は俯《うつむ》きながら、楊枝を使う手を休めずに、言った。

「なにっ？……」

隣の男がキッとした目を浅見に向けた。

「フリージアスロン……いや、発明時の正式な名称はどうなっていたのか知りませんが、とにかく、ひどいやり方です」

浅見は男のほうに目を向けて、なるべく単調に聞こえるように、そう言った。

「あんた、誰《だれ》や？」

男のにごった目が、いっそう血走った。敵意の中に、恐れの色も見えた。

「名乗るほどの者ではありませんが、あえて言うなら正義の味方です」

「なんやと？……」

男は安物の椅子《いす》から、腰を浮かせた。ことと次第によってはただではおかない——

という姿勢だ。

「正義の味方だと言っているのです」

浅見は真面目《まじめ》くさって言った。

「あなただって、そういう人間が現われるのを待っていたのではありませんか？」

「…………」

男は黙って、握り拳《こぶし》をほどくと、元の椅子にゆっくりと腰を下ろした。得体の知れぬ相手の素性を窺《うかが》う目は相変わらずだが、いくぶん敵意は薄れている。

「お客さん、どちらさんです？」

ラーメン屋のおやじが不安そうに、語尾を上げて言った。

「ですから、正義の味方だと言っているじゃないですか」

浅見は笑いながら答えた。

「その正義の味方が、何であのことを知っとるんやね？」

男はようやく気分が落ち着いたのか、知性を感じさせるしっかりした口調で、まともな質問をした。

「それに、どうしてあなたのことを知っていて、しかもここに来たのかをお訊きになりたいのでしょう?」

　浅見は逆に言った。

「しかし、そんな余計なことは全部抜きにして、あなたのご相談に応じたいのですが」

「ご相談?……」

「ええ、あなたは相談相手を欲していらっしゃるはずですが」

「それはまあ、そのとおりやが……しかし、あんたに相談してどうなるいうもんでもないやろが」

「つまり、いままで誰に相談してもだめだったからですか?　たとえば警察だとか弁護士だとか」

「ああ、そうや。世の中、金持ちと権力者に都合のええようにでけとる。誰一人として、貧乏人のたわごとなど、聞いてくれようとせんのや」

「そう捨てたものではありませんよ。たとえば僕みたいな正義の味方だって、ときには現われるのです」

「ははは、けったいなことを言う人やな。あんたもわしと同じで、頭がおかしくなっとるのとちがうかいな」

「いいえ、頭はしっかりしているつもりですよ。あなたと同じくらいにね」

「ふん」と、男は今度は鼻の先で笑った。しだいに、男の中のこわばったものが溶けてゆくようだ。

しかし見ず知らずの相手であることに変わりはない。それに、何といっても、この若造、知りすぎているのが怪しい——。

そういう男の内面の動きが、浅見には手に取るように見えた。

「以前」と浅見はまた、呟くように言い出した。

「布団の中に針を仕込むという、悪質ないたずらをした女性がいました」

「…………」

男はギクリとしたように、険しい目で浅見を睨んだ。

「ある寝具メーカーが、自分の発明を盗用したと恨んでの犯行だったのですが、むろん、警察も法律も、いや、マスコミさえも、彼女を単なる犯罪者としか見做《みな》しませんでした。そういう意味から言うと、たしかにあなたのおっしゃるとおり、世の中の仕組はほとんど、権力を持った側に都合よく動いているのかもしれません。しかし、だからと言って、投げやりになってしまうことはありません。この世の中だって、まだまだ棄てたもんじゃないと思います。布団に針を仕込むような、自暴自棄みたいな方法でなく、何か方法を講じれば、必ず報われるような道が拓《ひら》けるはずです」

男は浅見から視線を逸《そ》らせた。

若い二人連れの男が入ってきた。おやじが救われたように「いらっしゃい」と威勢のいい声を発した。「寒いね」といった挨拶と、ラーメンを注文する遣《や》り取《と》りがあって、店の雰囲気がいっぺんで陽気になった。

男は黙って、ポケットから金を出しておやじに差し出した。おやじが釣り銭を渡すと、まだコップの底に飲み残しの酒があるのに、席を立った。

浅見の後ろを通り過ぎるとき、男は小さな声で「おおきに」と言った。浅見は振り返らず、「どういたしまして」とだけ言い、わずかに頭を下げた。

店のおやじは、男の背中に向けて「毎度おおきに」と声を投げた。それから、男が出て行ってしまうのを見届けてから、浅見に「あんた、ええこと言うてくれはったなあ」と、感謝の目をして言った。

「あんさんがあないに言うてくれんかったら、本吉《もとよし》さんは、ほんまになんぞ、あぶないことをしとった、思いますよ」

「そうですか、そんなに思いつめているのですか」

浅見も「それはよかった」と笑ってみせた。

男が「針を仕込む」のと同じ復讐《ふくしゅう》の方法を考えていたことは、想像に難くない。

この店に入った時の男の顔には、それを窺わせるような、凄惨《せいさん》な気配が漂っていた。

たしかに、店のおやじが言ったとおり、もし浅見がそのことを言わなければ、まさに彼もまた犯罪者の仲間入りをするところだったのだろう。その一歩手前のところで、妄執《もうしゅう》から覚めた。それが男をして「おおきに」と言わせたにちがいない。

「あの人、本吉さんというのですか」と浅見は言った。

「ええ、そうです。あれ、そしたらお客さん、ほんまに本吉さんのこと、知らんかったのでっか？」

「ええ、きょうはじめて会ったのです」

「ふーん、そうでっか……けど、それにしては、何やら詳しゅう知ってはりますなあ」

おやじは不気味な物を見るような目で、しげしげと浅見を見つめた。

「いや、正直なことを言うと、僕は何も知らないのですよ」

「えっ？　ほんまでっか？　だけどお客さん、知らん言うて、さっきフリージアスロンのことを、ひどい話だとか言うてはったやないですか」

「ええ、たしかにそう言いました。内容がどういうものであろうと、どっちの言い分が正しいものであろうと、本吉さんにとっては『ひどい話』であることに変わりはないでしょう。だからああ言ったのです」

「ふーん……」

おやじはまた呆れた目で浅見を見つめ、黙ってしまった。

「あの本吉さんは、この近くに住んでおられるのですか？」

浅見は訊いた。

「ああ、すぐそこのアパートにいてはりますよ。その前は社宅に住んではったのやけど、会社を辞めてから引っ越して来たのやそうです」

「会社というのは、コスモレーヨンじゃないでしょうね？」

「まさか、コスモレーヨンはカタキみたいな会社やないですか。本吉さんが勤めてはったのは、南界化学いう会社です」

「南堺化学……」

浅見はどこかで聞いた社名のような気がして、すぐに思い出した。

「南堺化学というと、たしか南御堂で殺されていた津野さんとかいう被害者の勤務先じゃありませんか？」

「そうですけど……ふーん、何でもよう知ってはりますなあ。お客さん、ほんまは何をしてはる人でっか？」

「ははは、警察かマスコミの人間だと思っているみたいですね。しかし、実体はただの風来坊にすぎませんよ。あ、いや、正義の味方でしたっけ」

浅見は笑って、ラーメン代を払った。「警察」だとか「正義の味方」だとかいう言葉に驚いたのだろう、テーブルでラーメンをすすっている二人連れが、妙な顔をこっちに向けていた。

4

浅見が店を出て少し歩いてゆくと、暗がりから男が近づいてきた。洋品店のショーウインドウの明りに入った顔は、あの本吉という中年男のものであった。

「やあ、本吉さん、さきほどはどうも失礼しました」

浅見は陽気に声をかけた。男はいきなり名前を呼ばれたのでギクッと立ち止まりかけたが、すぐに「どうも」と頭を下げた。しかし、笑顔は見せなかった。

「ちょっと付き合うてもらえまへんか」

顔がくっつきそうな距離まで近寄って、重苦しい声で言った。

「いいですよ」と浅見は時計を見て、「ただし十五分ぐらいしか余裕がありません」

「そうでっか……まあよろしいでしょう」

男は背中を向けて、歩きだした。少し先にちっぽけな喫茶店がある。そこの白いドアを引いて入った。リンリンと鈴が鳴るのを聞いて、カウンターの裏から「いらっしゃい」という、ものうげな声とともに店のママらしい女が現われた。

「相変わらずひまそうやな」

本吉は軽口を叩《たた》いてから、さっさと奥のテーブルに坐った。

「ひまなのは、本吉さんと一緒ですわ」

女はニコリともせずに応酬する。

「そちらさんもコーヒーでよろしいわね」

そう決めつけて、浅見の返事も待たずにコーヒーを入れ始めた。

本吉はコーヒーが運ばれるまで、黙っていたが、店の女がカウンターの裏に引っ込むと同時に、コーヒーを脇《わき》に寄せるように身を乗り出して訊いた。

「おたく、コスモレーヨンとどういう関係でっか？」

浅見は本吉とは対照的に、ゆっくりとコーヒーを飲んでから、言った。

「それはお訊きにならないでください」

「ん？　訊くな言うて……なんで訊いたらあかんのでっか？」

本吉は詰問口調であった。それでも、もっとはげしい言葉をぶつけたいのを、精一杯抑えている様子だ。

「僕の素性などどうでも、正義の味方、それでいいじゃないですか。もしそれがご不満なら、このままお別れしましょう」

「うーん……」

本吉は腕組をして唸《うな》った。

「ただ、僕が申し上げられるのは、あなたのコスモレーヨンに対する要求が正当なものであるなら、それを、全部とは言わないまでも、納得のゆく内容で解決する方向を考えて差し上げたいと思っているということです」

「目的は？」

「は？」

「目的は何や、訊いておるのです。金でっか？　それやったら、いまは払えまへんで。ご覧のとおりの無一文や。もっとも、あんたが言うように、うまいこと解決がでけたら、なんぼでも払えますけどな」

「お金はいりません」

「ふーん……そしたら、何が目的です？」

「目的は……そうですね、しいて目的を挙げれば、正義が行なわれることでしょうか」

「正義正義いうが、あんた、そんな正義みたいなもん、この世の中にほんまにあると思うとるのでっか？」

「あると思うほうに賭《か》けたいですね」

「ははは、ギャンブルでっか」

本吉は笑った。浅見を見た瞳《ひとみ》の中に、キラリと光るものがあった。この人物が、ただの飲んだくれや不満分子ではないことを、その光が物語っている。

「いったい何があったのですか？」

浅見は核心を衝《つ》く質問をした。本吉は視線を外し、ためらいの色を見せた。

「本吉さんの発明をコスモレーヨンが盗んで、夢の繊維・フリージアスロンを作り出したということですか？」

「まあ、早く言うたら、そういうことになりますかな」

「しかし、あれだけの大発明を盗用するとは穏やかでないでしょう。どうしてそんなことが起きたのですか？」

「病気です」

本吉は吐き出すように言った。

「発明が完成して、特許出願しようかいう寸前のところで、わしは倒れたのです。軽い脳溢血《のういっけつ》いうことでした。最初は意識不明の時期もあったが、幸い大したこともなく、いまでは左半身に多少、しびれが残っておる程度ですみました」

そう言われて、浅見は本吉のけだるそうな歩き方が、疲労のせいではなく、その病気の後遺症であることを知った。

「それでも全部で三ヵ月ばかし、絶対安静を命じられて病院におりました。それで娑《しゃ》婆《ば》に復帰したら、その間に極超微粒子噴射装置——つまり、フリージアスロンの繊維を作り出しとる装置の、本来の呼び名ですな——その装置に関する重要部分の特許出願がコスモレーヨンから提出されとったのです」

「なるほど」と浅見は頷《うなず》いたが、すぐに首をひねって訊いた。

「しかし、本吉さんが入院なさっているあいだに、コスモレーヨンが同じ装置の研究を完成させていたという可能性も、あるのではありませんか？」

「そんなもん、ありますかいな」

本吉ははげしい口調で言った。

「極超微粒子の噴射ノズルは、ごく特殊な形状をしておって、それはわしの独自な発想によるものです。それと同じものが、ほかの者に考えつくわけはない。それは断言してええのです」

その技術的な説明は、もちろん分かりようがないけれど、浅見はとにかく「分かりました」と認めることにした。

「しかし、その事実を客観的に証明する方法はないのですね」

「あれば苦労せんでしょうが。ただ、コスモレーヨンの出願の月日が、わしが倒れて入院した直後いうことは分かっておるのです。やつらは、わしが人事不省におちいっているあいだに、わしの発明を盗みおったに決まっとるのです」

本吉がそう思い込んでいるのを、否定する根拠はない。

「その発明ですが、あなた以外に知っている人はいないのですか？」

「ああ、おりまへんな」

本吉は憮然《ぶぜん》として言った。

「会社の人たちはどうなのですか？」

「極超微粒子噴射装置は、会社にも内緒で作業を進めとったのです。そやから、コスモレーヨンがフリージアスロンを発表したあとで、わしが盗用や言うて騒ぎだしたら、会社の連中はわしがコスモレーヨンに技術を売ったと邪推しおって……」

「それで会社をお辞めになったというわけですか」

「まあ、そういうわけですな。会社に内緒で開発に取り組んでおった点については、わしにも落ち度はあるいうことかしれん。しかし、わしの会社での職務は、研究だの開発だのとは無縁の計数管理ですからな。余暇にやっとった研究の成果を、何も会社にさらけ出さなあかん義理はないのです。第一、そういう才能のある人間を、管理みたいなセクションに置いておくこと自体、会社の不明を物語るもんやおまへんか？　正直なところを言えば、わしもそういう会社の体質にいちゃもんをつけるために、密《ひそ》かに発明を完成させ、その上で会社に発表しようという狙いがあったのも事実です」

本吉は四十歳代なかばといったところだろうか。会社では才能を認められず、閑職とは言えないまでも、気に染まないセクションで過ごした日々への恨みつらみが、彼の反骨精神を培《つちか》ったにちがいない。

そうして大発明が完成して、これからという段階で病気に倒れた――。ツキのない人間というのはいるものである。

とはいえ、本吉の言い分をどこまで信用していいものかは、本当のところは判然としなかった。

浅見は時計を見た。畑中有紀子との約束があって、のんびりしていられる時刻ではなかった。

「単刀直入にお訊きしますが」と浅見は言った。

「本吉さんが思い当たる、発明を盗み出した人物とは、誰ですか？」

「それはあんた……」

本吉は大きく開けかけた口を、あとを続けないまま、閉じてしまった。

浅見は辛抱づよく待った。

「分からんと言うしかないでしょうなあ」

本吉は溜《た》め息《いき》と一緒にそう言った。

「しかし、資料や、たとえば設計図といったものはどこに置いてあったのか、それくらいは分かるでしょう？」

「それが、具合の悪いことに、家にも会社にもコピーが置いてあった可能性があるのですな。どうも、病気のせいか、その部分が記憶から欠落しておるのやが」

「すると、現在、その設計図は本吉さんの手元にはないのですね？」

「いや、もちろん原本一通とコピー一通はちゃんとありますがな。ありますが、しかし、コピーを取られとったら、どうもならんでしょう」

「それじゃ、会社の人が盗み出した可能性もあるし、お宅のほうで盗まれた可能性もあるというわけですね」

「まあ、そういうことですな」

「失礼ですが、ご家族は?」

「いまはありません……家内とは別れましたさかいにな」

「じゃあ、そのことがきっかけで?」

浅見の問いかけに、本吉は黙って頷いてみせた。

浅見は何度目か、腕時計に視線を送って、立ち上がった。

「申し訳ありませんが、約束に遅れていますので、これで失礼します」

「そうでっか……」

本吉ははじめて、はっきりと弱気の表情を見せて、浅見の顔を縋《すが》るように見上げた。

「しかし、仕事がすんだら、明日にでもまたお訪ねしたいと思います。差し支えなければ、お宅の住所か電話番号を教えておいていただけませんか」

「そうですなあ……」

本吉はさすがに警戒するのか、ためらっている。

「それじゃこうしましょう、さっきのラーメン屋かこの店に伝言しておいてください。ときどき電話をかけてみますよ」

浅見はそう言って、二人分のコーヒー代として千円をテーブルの上に置き、そそくさとドアの外に出た。

5

天満橋のスタジオに戻ると、すでに有紀子の出番は終了して、着替えも終えた有紀子がロビーの入口で待っていた。

「遅かったんですねえ」

浅見の顔を見るなり、有紀子は恨《うら》めしそうに言った。奥田宣伝部長は夕刻までいて、引き上げたそうだ。

浅見は遅れた詫《わ》びを言い、二人はすぐ近くのレストランに向かった。

「おなか、ペコペコやわ、浅見さんご馳走《ちそう》してくれはりますか？」

有紀子は陽気に言ったが、無理して陽気さを装っているのが、ありありと見て取れた。

「いいですよ、遅れた罰です」

浅見も有紀子に合わせて、おどけた口調で答えた。

有紀子が案内したのは、見るからに高級そうなレストランだったが、浅見は観念して胸を叩いてみせた。

しかし有紀子はちゃんと心得ていて、あまり高価なメニューを選ばなかった。有紀子の頼んだ品は、なんとかのテリーヌとフルーツサラダ。それとデザートにチーズケーキとコーヒー。これだけで大丈夫なのか——と心配になるほどの少食だった。浅見のほうもラーメンの下地があるから、有紀子の真似をしたふりをして、サンドイッチとサラダとコーヒーを注文した。

料理が運ばれてくるまで、しばらく間があった。有紀子はじっと黙って、どう話すべきかを模索してから切り出した。

「私、殺人事件の犯人かと疑われているみたいなんです」

「はあ……」

有紀子にしてみれば、充分、ショッキングなことだという自信のようなものがあったにちがいないのだが、浅見はべつに驚いて見せるでもなく、曖昧《あいまい》な返事をした。

「今朝、警察が来たのです」

有紀子は自分の言葉を補強するような言い方をした。

「刑事が三人で来ました」

「三人？　それはまた多いですね。ふつうは二人ひと組で歩くものですが」

「ああ、そのうちの一人は違う警察の刑事さんなのです。観華子が殺された事件を調」

べてはる、えーと、どこやったかしら……」

「曾根崎署の刑事ですか？」

「そうですそうです、曾根崎署の刑事で、観華子の家で会うた人でした」

「ん？　というと、ほかの二人はそれとは違うのですか？」

「ああ、そうなんです。ほれ、南御堂さんの境内で、男の人が殺されてはったでしょう。そっちのほうの事件を調べてはる刑事さんだとか言うてました」

「ほう、そっちの捜査員が、なぜあなたのところに来たのですか？」

「それなんです、そのことを相談したかったのです」

ちょうど料理が運ばれてきて、話が中断した。

ウエイターが行ってしまうと、有紀子は料理を口に運びながら、忙しげに話しだした。

梅本観華子の通夜の帰路、駐車場からマンションまでの間に起きた「幽霊事件」。

いかにも大阪の女性らしいなめらかな口調で、聞いているほうの注意力が散漫になるほど、かなりの饒舌《じょうぜつ》であった。

浅見は「なるほど」「ほう」などとこまめに相槌《あいづち》を打ちながら、それとなく話のテンポを促していた。

「でも、刑事さんは私が幽霊を見た話のほうは、べつにどうとも思わなかったみたいで、いったん引き上げて行きはってから、あとでまた三人連れでやって来たのです。どうしてか分かりますか？」

「ええ分かりますよ。殺された津野さんが、梅本観華子さんと知り合いだったことが分かったからでしょう」

浅見の言い方が、あまりにも平然としたものだったので、有紀子は不満そうだ。

「なんや、浅見さん、そのこと知ってはったんですか」

「ええ、とっくに、ね」

「そやけど、どうして？……誰に聞かはったんですか？」

有紀子は詮索《せんさく》する目を、浅見の顔に注いだ。美人にじっと見つめられるのも、時と場合によっては辛いものだ。

「ははは、僕は何でも知っているのです」

浅見は冗談でごまかして、「なるほど、それで畑中さんは、警察に疑いをかけられているると思ったわけですね」

「そうです、それも、殺人事件の……」

有紀子は思わず声が大きくなって、慌てて周囲を見回した。

「今度の観華子の事件で、刑事さんにいろいろ訊かれるいうのは、だいぶん慣れましたけど、今朝の刑事さんの顔つきはふつうと違ってはったんですよね。あれは、はっきりと私を犯人だと疑っている顔や思いました」

「いや、刑事というのは、大抵、あまり人相がよくありませんからね。あなたの思い過ごしかもしれませんよ」

浅見は刑事が聞いたら気を悪くしそうなことを言って、有紀子を慰めた。

「ただ、あなたが幽霊を見たという時刻と、南御堂で津野さんが殺された時刻とが、ほとんど同じだったことが引っ掛かると言えないこともありませんけどね」

「でも、刑事さんは私の幽霊の話を、ちっとも信じてくれていないみたいでしたけど」

「それは、刑事というのはもともと、人の言うことを疑ってかかる商売みたいなものですからね、あなたが幽霊と出会った話なんて、信じるはずがありませんよ。しかし、『出会ったのが津野さんだったかもしれない』と言えば、すぐに信じてくれる人の好い人種でもあります」

「そんな……私は津野なんていう人、ぜんぜん知りませんよ」

「たとえそうだとしても、知らないことを証明するのは難しいものです」

浅見は言って、「しかし」と首を傾《かし》げた。

「いくら何でも、それだけで畑中さんを疑うとは考えられないなあ……ほかにも何か、疑惑を抱くような根拠があるのかもしれませんよ」

「…………」

有紀子は何か言いかけて、黙った。

「ほう、やっぱりあるのですね？」

浅見は目敏《めざと》く有紀子の逡巡《しゅんじゅん》を見抜いて、言った。

「ええ……」

有紀子は仕方なさそうに頷いて、アリスが轢《ひ》き殺された事件のことを話した。

「刑事さんは近所でその事件のことを聞いて来て、私がそのことを恨んで、観華子を殺したのやないかって、そう疑ってはるみたいなのです。それに、観華子がコスモレーヨンのCMキャラクターに抜擢《ばってき》されたことも、たぶん疑われる材料になっているのやないか、思います」

「もちろんそうでしょうね。正直なところ、梅本さんが殺された事件を動機の面から考えれば、誰だって、まずそう思いますよ」

「そうですよねえ。それは私も分かっているのやけど、憂鬱《ゆううつ》やわ。これからも刑事がウロウロするのでしょう。ううん、それどころやないですよね。ひょっとしたら、ほんまに容疑者として逮捕されるのやないかしら。もしそんなことにでもなったら、コスモレーヨンかて私との契約を破棄するでしょうし、タレント生命はおしまいやわ……ねえ浅見さん、どないしたらええのでしょうか？」

「べつに何も考えることはありませんよ。あなたが犯人でない以上はね」

「そんな、犯人やなんて……」

有紀子は恨めしい目で浅見を見て、ふと思い出したように言った。

「そうや、浅見さん、もう一つけったいなことがあるのですけど」

「？……」

「こんなこと言うたら、笑われるかもしれへんけど、もしかしたら、観華子は生きているのと違うかしら？」

「はあ？……」

さすがの浅見も意表を衝かれた。「それ、どういう意味ですか？」

「おかしなことを言うと思うでしょうけど、あのお通夜の帰りに幽霊を見た晩、妙なことがあったんです」

有紀子は留守番電話の最後に、観華子の声が入っていたことを話した。観華子の声は「有紀子さん、ごめんなさい、私が悪かったんよ」と言っていたのだ。

「ふーん、それはたしかに奇妙な出来事ですねえ」

浅見はじっと有紀子の目を見ながら、言った。

「その留守番電話の声、テープに残してありますか？」

「まさか……そんなもの、気味が悪くて、すぐに消しましたよ」

「そうですか……だとすると、あなたの話を立証する証拠はないわけですね」

浅見の言葉に、有紀子は不安を掻《か》き立てられたらしい。青い顔をして、「それって、とても重大なことですか？」と訊いた。

「それはそうです、唯一の証拠物件になるかもしれないのですからね。しかし、なくなってしまったものは仕方がありません」

「そんな……浅見さんて、割と冷たい人みたいですね。もっと親身になって相談に乗ってくれはるかと思うとったのに……」

「もちろんご相談に乗りますよ。ただ、ちょっと不思議なのは、畑中さんの相談相手にふさわしい人は、僕なんかではなく、ほかにいらっしゃらないのですか？」

「相談相手って？……ああ、いややわ、誰か男性がついてはるのやないかって、そう思ってはるのね？　そんなん、私にはいてませんよ。それに、父なんかに相談したら、すぐにタレント業みたいなもん、やめてしまえって言うし、事務所の社長はびっくりしてしまうやろし、それやったら、利害関係のない浅見さんのほうが事務的に扱ってくれるのやないかと思ったんです」

「なるほど、それは当たっているかもしれません」

「ほんま、浅見さんてコンピュータみたいに、いつだって冷静になれる人ですね」

有紀子は「そこが物足りない」と言いたげであった。

第五章　アリスは知っていた

1

「あなたが、愛犬を死なせたことで、観華子さんを恨んでいるのを知っている人は、誰《だれ》でしたか？」

浅見は訊《き》いた。

「えっ、それは……」

有紀子は驚いて浅見を見た目を、天井に向け、いそがしく彷徨《さまよ》わせた。そうして得た結論を言う代わりに、不安そうに言った。

「それって、重大なことなんですか？」

「ええ、たぶんね」

浅見は相変わらず、じっと有紀子の目を見ながら、素っ気なく言った。

「もし、誰かがそのことを知っていると、どういうことになりますの?」

「観華子さんの幽霊からの電話、それを解明する手掛かりになるかもしれません」

「というと、その誰かが、その電話のいたずらをした、いうことですか?」

「その人かどうかは分かりませんが、謎《なぞ》を手繰《たぐ》る糸口になるでしょう」

「はあ、そうですなあ……」

有紀子は考え込んだ。明らかに思い当たる人物がいるという表情だ。浅見は黙って、彼女の覚悟が定まるのを待った。

「三人、いてます」と有紀子は呟《つぶや》くように言った。

「一人は父です。二人目はうちの井坂社長。それから、三人目は……」

言い出しかけて、しばらく躊躇《ちゅうちょ》して、結局、首を横に振った。

「この人は違いますわ」

「なぜ、そう言いきれるのですか?」

「そうかて、観華子とは、ぜんぜん接点がありませんもの」

「あなたのお父さんは接点があったのですか？」

「直接はないですけど、でも、電話で話したりしたことがあります」

「その第三の人物の名前は、どうして言えないのですか？」

「どうしていうことはないですけど、でも、関係のない人に迷惑をかけるのは悪いでしょう。私にとって、いろいろな意味で大切な人やし」

「恋人ですか？」

「そうやないですけど……でも、やっぱり大切な人には違いありませんもの」

　有紀子は苦しそうに言った。

　浅見は視線を外して、それ以上、有紀子を追い込むのをやめた。

「ところで、肝心の観華子さんですが、彼女は、あなたが愛犬の死のことで恨んでいるのを、知らなかったのですか？」

「それは知っていましたよ。私が怒り、嘆き、恨んでいることはですね。でも、それが自分に向けられているなんて、観華子はちっとも気づいていてへんかったのです。みんな、あのときの轢《ひ》き逃げ犯に向けられていると思ってはったんです。そやから、あの赤いロードスターのナンバーをトコトン調べる言うて……」

「えっ、観華子さんは、その車のナンバーを知っていたのですか？」

「ええ、アリスが轢き逃げされたとき、しっかり見ておいた言うてました。でも、私はとにかく、アリスが死んだのは観華子のせいやと思ってましたから、そんなもん、もうどうでもええって」

「じゃあ、観華子さんは車の持ち主を探し当てた可能性がありますね」

「さあ……車の持ち主って、そんなに簡単に分かるものなのですか？」

「それはまあ、ナンバーを確認してあれば、通常は陸運局で調べて探し当てることは可能ですけど……ただ、陸運局が一般の人間に教えてくれるかどうかは分かりません」

「でしょう。そしたら、やっぱり分からなかったのと違いますか。あれほど意気込んではったのに、いつのまにか何も言うてこんようになってしもうたし」

「ほう、何も言わなくなったのですか」

浅見はそのことにも興味を惹《ひ》かれた。

「何も言ってこなくなったのは、探せなかったのかもしれませんが、逆に、探し当てたせいかもしれませんね」

「は？　どうしてですの？」

「探し当てた相手が誰だったかによっては、そういうことも考えられるのではありませんか？　たとえば、あなたが第三の男の人の名を言えないように、です」

「えっ……」

有紀子はギョッとして、テーブルに乗り出していた姿勢から、背を反らせた。

彼女の頭の中で、さまざまな思考がクルクル回っているのが、浅見にははっきり見えるような気がした。

「ところで、轢いた車は赤いロードスターだって言いましたね」

「ええ、そうですけど」

「ロードスターといえばオープンカーでしょ。だったら、乗っていた人間の顔も見ているのではありませんか？」

「いいえ、見てしません。そのときはソフトトップをつけて中は暗かったし、それにほんまに一瞬の出来事やったし、私はアリスのことばっかし気にしてましたから」

「観華子さんはどうでしょうか？」

「彼女は少しは見てはったようです。車が走ってきよったとき、わぁ危ないって思うた——と言うてましたので。でも、顔ははっきり見えへんかったそうです。男の人は女の人の陰になっていたし、女の人はアリスを轢きそうなのに気づいたのか、顔を覆っていたそうです」

「じゃあ、車の二人はアリスを轢いたことを知っていて走り去った、完全な轢き逃げだったのですね」

「はっきり気がついていたかどうか分からないけど、もしそうだとしたら、ひどいでしょう」

「まったく……」

浅見は有紀子の憤慨に頷《うなず》きながら、実際にはべつのことを考えていた。

レストランを出たところで車を拾い、有紀子を彼女のマンション前まで送ってから、浅見はホテルに帰った。ホテルの窓からは、真下に高速道路が見える。南の方角から来た道路が、中之島のところで大きくカーブして、ヘッドライトが川のように流れてゆく。

いろいろなことが少しずつ分かってきたような気がしていた。

梅本観華子が赤いロードスターを探していたというのは重大なことであった。彼女はたしてその車を突き止めたのだろうか？　有紀子は途中でやめた——と思っているらしいが、観華子の最初の意気込みの印象からいって、それはおかしな話だ。

もし観華子が車の持ち主を突き止めていたとしたら——。

その場合には、なぜそのことを有紀子に告げなかったのかが、謎になる。

そして、有紀子もまた、「第三の男」の素性を口ごもった。それもまた、謎として残っている。

「大切な人、か……」

浅見は光の川を眺めながら、ポツリと言った。人にはそれぞれ「大切な人」がいるものなのだろうか。だとすると、自分にとっての大切な人とは、いったい誰なのだろう？

（やれやれ——）

浅見は窓辺から離れて、ベッドに腰をかけ、ゆっくりと引っ繰り返った。

2

翌朝、浅見はもう一泊の延長が可能かどうか確認してから、ホテルを出た。この日のチェックアウト分まで、コスモレーヨンの支払いになっているのを、あと一泊、自費で延長することにした。

電車で豊中へ向かう。ラッシュアワーだが、下り列車はガラガラに空《す》いていた。

豊中駅から、ウロ憶えだったが、運転手のほうは「ああ、このあいだ殺されたモデルさんの家でっしゃろ」と地元のタクシーだけにさすがに詳しい。

梅本家には観華子の母親と妹の繭子がいた。玄関には繭子が応対に出た。浅見の顔は憶えていて、通夜の礼を言った。

浅見が父親のオフィスの場所を訊くと、気軽に車で送ってくれることになった。

繭子は姉の喪中のせいか、服装も地味だったが、顔の作りは大きめだし、プロポーションも悪くない。少しダイエットして、化粧のテクニックを身につけたなら、すぐにでもタレントの世界でやっていけるにちがいない。

浅見がそう言うと、「だめですよ、私なんか」と笑って手を振った。

「それに、なる気がありませんもの。姉みたいな根性があれば、そこそこ、タレント業もやっていけるかもしれませんけど」

「姉さんは根性があった人ですか」

「ええ、あったと思います。顔つきは優しい顔してますけど、自分の道は自分で切り拓《ひら》いて進むいうか、そういう、しっかりしたところがありました」

「お姉さんがコスモレーヨンのイメージタレントに選ばれたとき……それはつまり、畑中有紀子さんたちライバルを蹴落《けお》とす結果になるわけですが、そのときのお姉さんはどんな感じでしたか？」

「どんな感じいうて……そうですねえ、喜んでいましたけど……あまり他の人のことは考えなかったのと違うかしら。姉は口では自分なんかまだまだ——みたいなことを言うていても、内心ではものすごい負けん気の強いところがあって、ある程度、自分にもそういうチャンスがあると思っていたみたいです」

浅見の頭の中に、梅本観華子という女性のイメージが、しだいに形づくられていった。

「お姉さんには恋人はいなかったのですか？　ボーイフレンドでもいいのですが、特定の男性は」

「いなかったと思いますけど、でも、ほんまのことは分かりません。ただ、姉はタレントの仕事で成功することを最大目標にしていましたから、そういう男性が現われても、無視してしもうたのではないでしょうか」

「しかし、その人物が仕事上、役に立つ立場の人だったらどうですかねえ」

「ああ、それやったら話はべつや、思いますけど。大阪の女は、そういうところはゴツウはっきりしてますのよ」

繭子はわざと大阪弁で露悪的な言い方をして、チラッと浅見を見て笑った。

梅本特許事務所は駅近くの新しいビルの三階にあった。繭子は浅見を降ろすと、そのまま寄らずに帰って行った。

「やあ、どうもその節は、えろうお世話になりました」

梅本伸夫は丁重な挨拶《あいさつ》をした。

「例の、脅迫みたいな電話は、その後、どうなりましたか?」

浅見は訊いた。

「それが妙なことに、あれっきりですわ。やっぱし、ただのいたずらやったのでしょうかなあ」

「そうは思えませんが……たぶん、何かの理由で、電話することができなくなったのだと思います」

「はあ、そうですかなあ……何かの理由いうと、何ですか？」

「たとえば、警察の追及が恐ろしくなって、脅迫を中止したのか、それとも、死んだか、です」

「死んだ……」

梅本の表情が凍りついたようにこわばった。「まさか、そんなことが……」

「その電話の男は殺人犯を知っていると言っているのですから、彼自身が殺される可能性もあり得たと思います」

浅見は淡々とした口調で言った。

「ちなみに、あの電話とほぼ同時刻に、南御堂の境内で津野という人が殺されています。もっとも、その人が脅迫者だったかどうかは分かりませんが」

「………」

梅本は浅見を凝視していた目を、スッとはずした。

「津野という人、ご存じありませんか？」

「いや……」

梅本はかぶりを振った。

「お嬢さん——観華子さんとも顔見知りだったようなのですが」

「えっ、観華子と？……」

驚いて問い返した梅本の様子から察すると、そのことはまったく知らなかったらしい。

「その人は、南堺化学という会社の社員でしたが、南堺化学はご存じですか？」

「それは大阪の会社ですから、名前ぐらいは知っていますが」

「じつは、妙な話があるのです」

「？……」

「コスモレーヨンのフリージアスロンは、もともとはその南堺化学の社員が発明したものだというのです」

「えっ、まさかそんな……」

「ええ、信じられないような話ですから、僕もその真偽のほどは確かめたわけではありません」

「そうでしょう、そんなあほなことがあってたまるものですか。えっ、そしたら浅見さん、さっき言うた津野いう人が、そないなデマを言ってはったのですか？」

「いや、津野さんが言っていたかどうかは知りません。ただ、彼もその話を知っていたかもしれませんが」

「いったい、誰ですか？　そういうええかげんなことを言いふらすのは」

「もちろん、それは発明者――と名乗っている人物です」

「発明者？　発明者は山際さんという人ですがな」

「ああ、やっぱり……」

浅見は溜《た》め息《いき》まじりに言った。「フリージアスロンの特許申請は、梅本さんの事務所に依頼されたものだったのですね」

「えっ……」

梅本の顔に、狼狽《ろうばい》と後悔が浮かんだ。

「たぶん、そのことはお嬢さんには内緒にしておかれたのだと思いますが、違いますか？」

梅本は黙って頷いた。

「しかし、お嬢さんはそのことを知っていましたよ」

「まさか……嘘《うそ》でしょう。山際さんにも、絶対に言わんように頼んでおきましたよ」

「分かります、そのことでお嬢さんが、フリージアスロンのイメージキャラクターに選ばれたなんて知れたら、お嬢さんのプライドが傷つくと思われたのでしょう」

「そうですとも、観華子をよろしくとは、私は一度も言うておりませんからな」

「しかし、お嬢さんはそうは思わなかったみたいですね。おそらく、津野さんにその話を吹き込まれたと考えられます」

「津野……なぜ、津野という人が……」

「真相を知っていたからでしょう」

「真相とは何ですか?」

「ですから、フリージアスロンの真の発明者が誰か——ということです」

「そやから、それは山際さんや言うてるでしょうが。津野いう人が何を根拠にそないなことを言うたか知らんが、かりに観華子がそれを聞いたからいうて、一方的に信じるはずはありません。あの子はそんなアホと違いまっせ」

「いや、真の発明者が誰か、そんなことはもちろん、観華子さんにはどうでもよかったことでしょう。ただ、山際さんの発明が、お父さんの事務所に持ち込まれたという事実だけは動かしがたい。観華子さんはきっと、そのことと自分がキャラクターに選ばれたことを、交換条件のように受け止めてしまったのだと思います……」

「なんということを……」

「いや、たとえそうであっても、観華子さん自身としては、自分の成功そのものを否定する気はなかったにちがいありませんよ。さっき、妹さんにお聞きした印象では、観華子さんは、どんなチャンスでも貪欲《どんよく》に受け入れるような性格だったようです。ですから、そういう道をつけてくれたお父さんに感謝こそすれ、プライドを傷つけられたなどということはなかったと思います。ただ、お父さんが自分のプライドを気遣って、秘密にしている気持ちも大切にしたかった。だからフリージアスロンの特許申請のことなど、何も気づかないふりを装っていたのですね」

「…………」

梅本は全身の力が抜けてしまったように、革製の肘《ひじ》掛け椅子《いす》にへたり込んで、目には光るものが浮かんでいた。親の娘に対する気遣いを、さらに思いやってくれていた娘の気持ちが嬉《うれ》しく、そして悲しいのだろう。

「じつは、自分こそフリージアスロンの真の発明者である——と主張している人物というのは、津野さんと同じ南堺化学の社員なのです」

浅見はコスモレーヨンの和泉工場へ押し掛けている本吉のことを、名前は伏せたまま話した。

「いまとなっては、発明資料の盗難が立証され、さらにその犯人が山際氏であることが立証されでもしないかぎり、どうすることもできないとは思いますが」

「まあ、おっしゃるとおりですなあ」

梅本は沈痛な表情で頷いた。「かりに、浅見さんが言われるように、その人物の発明であっても、すでに出願申請が受理されたものである以上、特許の先願権というものがあって、どうすることもできないのです。パテント自体はまだ認可されてはいないが、製品化された商品はすでに保護されておるわけですよ」

「しかし、どうなのでしょうか、僕が聞いたかぎりでは、その発明——極超微粒子噴射装置というのは、きわめて特徴的かつ独創的なものだそうですが」

「ほう、名称までご存じでしたか」

「ええ、その人物が言うには、その独創性は誰にも思い浮かばないはずだとか」

「うーん……それはたしかにそのとおりかもしれませんがね。しかし、そう主張したところで、負け犬の遠吠《とおぼ》えでしかないでしょうなあ」

「いちど、ためしにその人物の発明した図面を見て上げてくれませんか。そして、どの程度、彼の言っていることに信憑性《しんぴょうせい》があるものか、判断していただきたいのですが」

「ああ、それくらいのことやったら、なんぼでも協力させてもらいます」

「そうですか、それじゃ、すぐに連絡を取ってみます」

浅見はいったん梅本の事務所を出て、外の公衆電話で例のラーメン屋に電話した。

「昨晩お邪魔した者です、本吉さんの……」

「あっ、ゆんべのお客さんでっか！」

ラーメン屋のおやじは、浅見の言葉の途中で、耳が痛くなるような大声で叫んだ。

「待ってましたんや」

「えっ？　待ってたって、本吉さん、そこにいるのですか？」

「いや、そうやのうて、本吉さんがえらいことになってしもうて、それでもって、おたくはんから連絡があるのを、ずっと待っておったところです」

「えらいこと……何があったのですか?」

「それがですなあ……」

店に客がいるのか、おやじは声をひそめて言った。「本吉さんの奥さんが殺されはったんです」

「えっ? 殺された?……」

「そうですがな。それで、警察が本吉さんが犯人やないか、疑《うたご》うてはるみたいなんやそうです」

「それじゃ、本吉さんはいま警察に?」

「そうです、警察に連行される言うて、電話かかってきて、おたくさんから連絡があったら、あんじょう伝えてくれ言うてました」

「あんじょう?……」

「助けに来てもらいたい、いうことと違いますか?」

「分かりました、すぐに行きましょう。警察はどこですか?」

「堺北警察署や言うてました」

おやじがそう言うのを聞くと、浅見は受話器を置いた。

そのままの姿勢で、しばらく動かなかった。冷たい怒りが胸の奥深いところから突き上げてくるのを感じた。

3

本吉清治の元の妻・谷川宏枝が殺されていた事件の第一発見者は、ほかならぬ本吉自身であった。

昨夜十二時過ぎ、警察に一一〇番通報があった。旧堺港近くの大浜公園内に女の死体がある——というものだ。

電話の主は中年男性で、そのことだけを告げると、名乗りもせずに、電話を切った。

警察が現場に急行したところ、通報どおりの場所に女性の死体があった。遺留品から身元を調べたところ、堺市少林寺町東に住む谷川宏枝三十八歳であることが分かった。

宏枝は本吉清治と協議離婚して、現在は独り暮しだ。

警察は別れた夫に事情聴取をするために本吉を訪ねたところ、「じつは」と、一一〇番通報をしたのが本人であることを認めたというわけだ。

本吉の話によると、昨夜の十時過ぎ、帰宅したところ、宏枝から電話があって、ぜひ会いたいと言った。それも緊急に――というのである。

「私のほうには、女房に未練はあったもんで、もしかすると、復縁の話やないか思うたもんですから、一も二もなく、OKや、言うたんです」

本吉は刑事にそう言っている。

「そんな遅い時刻に、おかしいとは思わなかったのかね?」

「そりゃ、ちょっとは思いましたけど、私は昼間ずっとおらなんだもんで、仕方ないのんかな――と思って、言われたとおりに出掛けて行きました」

「場所も大浜公園なんて、えらい不便なところやないか」

「はあ、それはそうですが、しかし、私は歩くのは慣れておるし、たぶん人目につくのは具合悪いのやろな、思うたもんで、それほど不思議には思わなんだのです」

刑事はいったん引き上げたが、それからまもなく、パトカーが来て、参考人として出頭を求めた。名目は「参考人」だが、容疑が自分に向けられていることを、本吉が悟ったらしい。家を出るとき、ラーメン屋に電話して、昨日の「正義の味方」が来たら、助けに来てくれるように伝言を頼んだということであった。

警察では、浅見は本吉に面会を申し込んだが、あっさり断られた。

「目下、事情聴取を行なっておる最中でしてね、しばらく第三者には会わせるわけにいかんのです」

ただし、谷川宏枝の死因その他については、すでにマスコミに発表ずみであった。

宏枝は後頭部を石で三回、殴打されて、ほぼ即死状態で死んだものと考えられた。凶器の石は現場では発見できなかった。もっとも、すぐ目と鼻の先が海なので、そこに放り込まれたら、ヘドロに沈んでしまったにちがいない。

状況は本吉にとってきわめて不利であることは、誰の目にも明らかだった。

捨てられた妻に復縁を迫ったあげく、口論となり、カッときて殺害におよんだ——というのは、いかにも警察ごのみの筋書きだし、それでもう充分と考えられる。

だいたい、本吉の言うように、逃げた妻の側から、わざわざこんな遅い時間、しかもあんな物騒な場所に呼び出しをかける道理がないのだ。

おまけに、本吉は事件の「第一発見者」である。およそ警察の捜査規範の筆頭には、「第一発見者を疑え」というのがあると思って差し支えない。さらに言えば、本吉には妻を殺害するに足る動機がある。逆に、アリバイはないし、土地鑑は充分、ある。これ以上、容疑者の資格を求めようがないほどの、立派（？）な容疑者であった。

浅見はいったん警察を出て、例のラーメン屋を訪ねた。

ラーメン屋のおやじは浅見の顔を見るなり、心配そうに「本吉はん、大丈夫でっか？」と訊いた。

「大丈夫だとは思いますが、かなり不利な立場ではあります」

浅見は正直に、おやじの不安を助長するような返事をした。

「そうかて、本吉はんが奥さんを殺すいうことは、絶対に考えられまへんで。警察は何を考えてけつかるのかなあ」

おやじは憤慨している。

「絶対に殺さないという根拠は何ですか？」

「そらあんた、奥さんを愛してはるからに決まっとりまっしゃろが。本吉はんはほんま、奥さんに惚《ほ》れとったですよ。何しろ、もともと、本吉はんにはもったいないような美人で、おまけに若かったさかいになあ」

「そんなに美人の奥さんだったら、本吉さんが入院しているあいだ、周りが放っておかなかったのじゃありませんか？」

「それでんがな」

　おやじは大きく頷いた。

「それはわしらも心配しとったんですわ。本吉はんが元気なときかて、浮気でもしそうなタイプやったですからなあ。意識不明から絶対安静のだんなをほっぽっといてから、けっこう、羽根を伸ばしてはったんとちがいますやろかなあ」

「そのことについては、本吉さんは何か言っていませんでしたか？」

「うちらあたりの、ゴチャゴチャした店では、何も言われへんでしょう。そうや、もしかしたら『梓《あずさ》』のママにやったら、なんぞ愚痴をこぼしとったかもしれまへんですな」

「梓というと、すぐそこの喫茶店ですか？」

「へえ、そうです」

　浅見はおやじに礼を言って、その喫茶店を覗《のぞ》いてみた。相変わらず客はなく、ママがポツネンとカウンターに肘をついていた。

「ああ、こぼしてはったわねえ」

浅見の質問に、ママは眠そうに頷いた。

「病院から出てみたら、どうも奥さんの様子がおかしい、言ってはったわ。そやけど、つよいこと言うたら、出て行ってしまうのやないかって、なんや、情けない顔してはったわねえ」

「相手の男性が誰なのか、それは知らなかったのでしょうか？」

「知らんかったと思うわ。もし知っていれば、本吉さんのことやから、黙ってはいてへんかったでしょう」

「黙っていないというと、殺しますか？」

「そうやねえ、ひょっとしたら、殺したかもしれへんわねえ」

そんな証言は、なるべく警察には聞かせたくない――と浅見は思った。

そこから本吉の家の付近を聞いて回った。すでに刑事が聞き込みを始めているらしく、浅見を刑事と間違え、「なんや、またですかいな」とボヤく者もいた。

しかし、刑事と間違えられたお蔭《かげ》で、割と素直に答えてくれる者が多かった。そうして、本吉夫人の「浮気」について、耳寄りな話を聞くことができた。

「そういえば、二度か三度、若い男の人が出入りしてはったことがありますけど」

隣家の夫人が、そういう具体的な目撃談を語ってくれたのだ。

「ご主人が入院してはるときやったし、たぶんご主人の会社の、部下の人やないか、思いますけど」

「どういう感じの人でしたか？」

「そうですなあ、ちょうど刑事さんぐらいの年恰好《かっこう》やったかしら。割とハンサムで、きちんとネクタイして、サラリーマンタイプやったわねえ」

「その人の写真を見れば、分かりますか？」

「ええ、もちろん分かる、思いますけど」

「恐縮ですが、昨日か一昨日の新聞、ありませんか？」

「は？　ええ、ありますけど」

夫人が持ってきた新聞の中から、南御堂の事件記事を探し出した。

「この写真の人じゃありませんか？」

被害者の津野の写真を示した。

「あら、ほんま……そういえばよう似てはるわ。会社も南堺化学やし……いややわあ、そしたら、この人やったのかしら？」

夫人は不安そうな顔になった。

4

ふたたび警察に戻ったが、本吉に対する訊問《じんもん》はまだつづいているらしい。

浅見は刑事課を訪ねて、本吉に会わせてくれるように頼んだ。

「だめだ言うとるでしょうが、まだ調べ中やさかい、それが終わるまではあかんと言うとるのです」

「しかし、そんなのは無駄な努力です。本吉さんをいくら訊問したって、犯人は分かりませんよ」

浅見は刑事の神経に障《さわ》るようなことを言った。案の定、刑事は「何やて?」と眉《まゆ》を吊《つ》り上げた。

「あんた警察の捜査にケチをつけようというのかね。何を根拠に、そういう偉そうなことを言うのや?」

「根拠は……」と、浅見は大きく息を吸ってから、思いきって言った。

「犯人を知っているからですよ」

「なにっ？」

刑事は立ち上がった。浅見の声が聞こえたのだろう、隣の刑事まで、驚いた顔をこっちに向けた。

「犯人を知っとるいうて……ちょっと、あんた、誰ですねん？」

刑事は浅見が報道関係の人間だと、勝手に思い込んでいたらしい。浅見は名刺を出した。何も肩書のない名刺に、刑事はまた戸惑っている。

「フリーのルポライターをやっている者ですが、たまたま本吉さんと知り合いまして、いろいろ話を聞いたのです」

「ふーん……それで、本吉がその犯人の名前をあんたに教えたとでも言うのかね？　そんなもん、信じるほうがアホやで」

「いいえ、本吉さんは犯人が誰かなんて、ぜんぜん言ってませんよ。それどころか、自分がその犯人に陥《おとしい》れられたことさえ、気がついていないのです」

「陥れられたやて？……」

「そうですよ、本吉さんは奥さんに呼び出されたと言っているじゃないですか。逃げた奥さんがどうして本吉さんを呼び出したりしたのか、ちょっと考えれば不自然だと思いませんか？」

「そやから、それは本吉のつくり話やと考えているわけやがな」

「どうしてですか？　どうして本吉さんが言うことを、頭から信じようとしないのですか？　それが警察の悪い癖だと言うのです。いったん被疑者に仕立て上げたら、その人の言うことはテンから信じようとしない。だから、いつまでたっても冤罪《えんざい》事件がなくならないのですよ」

「なんやて！……」

刑事は顔色を変えて怒鳴った。刑事課の連中がいっせいにこっちを見た。

さすがに浅見も言い過ぎを後悔した。本吉の妻までが殺され、本吉が容疑者に陥れられたことで、犯人に対する怒りが鬱積《うっせき》していた。それがつい、浅見に言わなくてもいいことを言わせてしまった。

「すみません、気に障ったら勘弁してください」

「勘弁してくれいうて……よう言うな。あんた警察をおちょくっとるのか？　そうか、それやったらおもろいわ、おちょくられてやろうやないか。ちょっとこっちへ来てんか」

刑事は浅見の腕を摑《つか》むと、ドアの外へ連れ出した。浅見は周囲の刑事たちに当惑の視線を向けたが、誰もが冷やかな笑いで見送っている。助けようとか、執り成そうとかする気持ちは、ぜんぜん起きないらしい。

（これが正義を行なうべき警察の実体なのか——）

浅見は暗澹《あんたん》たる想いで、たくましい刑事に引きずられて行った。

廊下に三つ並んでいる取調室の一つに押しこまれた。建物の北側で暖房の効きの悪い部屋だ。

「さあ、聞かせてもらおうやないか、誰が犯人やて？」

取調室の古いスチールデスクを挟んで坐ると、刑事は嚙《か》みつくような顔をして、早口に言った。

「その前に」と浅見はわざとゆっくりした口調で応じた。

「僕が言ったように、本吉さんの言うことをそのまま信じたらどういうことになるのか、それを考えてみませんか」

「ん？　本吉の言うたことを信じるいうと、つまりは逃げたカミさんに呼び出されたいうことかい？」

「そうです。それが事実だとしたら、どういうことになりますか？」

「事実も何も、そんなことはあり得ないやろが。ええかね？　本吉から逃げた女やで。女房に逃げられた亭主が、カミさんを恨んでないわけがないやろ。そんなことは誰かて分かるがな。それなのに、女房のほうから、夜中に誰も来んような場所を指定して、会うてくれなんてことを、言うはずがないやろ。嘘《うそ》をつくのもええかげんにせえ言いたいがな」

「そうですね、それが常識というものでしょうね」

「そうや、常識や……ん？　何を言うとるんや。あんた、アホとちがうか？」

「いや、べつにアホでもトチ狂ってもいませんよ。まさにあなたのおっしゃるとおり、それが常識だと思います。しかし、それでもなお、本吉さんが言っていることが事実だとしたら——という、そういう考え方をどうしてしてみないのですか？」

「そんなけったいなもん、考えるだけ無駄やないか」

「無駄でも何でも、一度くらい考えてみたらどうです。本吉さんの立場に立って、そういう状況があったのだと信じて、その上で、なぜそんなけったいなことが起こりうるのか、推理してみたらいかがです？　いやしくも、ここは犯罪の謎を推理し解明する警察なのでしょう？」

「………」

刑事は度胆《どぎも》を抜かれたように、返す言葉を失った。

「本吉さんの言っていることが嘘だと決めてしまえば、これほど簡単なことはありませんよ。たしかにそれは常識はずれの話なのですからね。そして、本吉さん自身を犯人だとする結論が容易に引き出されるでしょう。しかし、本吉さんの話が真実だとしたら、まったくべつの風景が見えてきます。そもそも、本吉さんが犯人だとしたら、自分で一一〇番通報をすること自体、おかしいでしょう。それなのに、どうして頭から本吉さんを犯人だと決めつけてしまうのですかねえ」

浅見は唇を湿した。

「いったい奥さんはなぜそんな時刻に、そんな場所を指定して、会ってほしいなどと言ったのか――それは、あなたがおっしゃるような常識論からいって、奥さん自身の考えによるものではあり得ません。かりに本吉さんが誘ったのだと仮定したって、奥さんがオメオメと出掛けて行くはずがないでしょう。だとすれば、そこには当然、何者かが介在していることになりますね。何者か——つまりその人物が真犯人だという、まったくべつの結論が見えてくるとは思いませんか？」

「…………」

「その犯人の条件は、まず奥さんに信頼されている人物であるということです。いや、信頼されているという言い方は正しくないかもしれません。愛されて——と言うべきかもしれないし、あるいは恐れられている人物と言ったほうがいいかもしれない。少なくとも、奥さんはその人物の言いなりになって、会いたくもない元のご主人を誘い出し、自分もそこに出掛けて行ったのです。殺されるとも知らずに、です……」

浅見は目を閉じ、口も閉じた。犯人に対する怒りが込み上げて、言葉を見失った。

「あの……」と、刑事は遠慮がちに訊いた。

「その犯人というのは、誰いうことです？」

「分かりません」

浅見はあっさり言った。

「わ、分かりませんて、あんた、さっき知っとる言うとったやないですか」

刑事は不満を爆発させそうだ。

「それじゃ、いまはまだ言えないと言い直しましょう」

「そしたら、ほんまは犯人を知っとるいうことですか？」

「そうですね、少なくとも、犯人としての資格を有している人物を何人か知っている
――とだけは言えます」

「それやったら、言うてくれてもええでしょう」

「いや、いまは言えません」

「何でです？」

「もし違っていたら、多大の迷惑をかけることになりますからね」

「うーん……」

刑事は唸《うな》った。

「しかしでんな、犯人を知っとって、警察に教えへんいうのは、犯人秘匿いう罪になりまっせ」

「ははは、そんな脅しは効きませんよ。僕はべつに犯人を匿《かくま》っているわけでもありませんし、虚偽の証言をしているわけでもないのですからね。かりに犯人を本当に知っていたとしても、市民がそれを密告しなければならない義務はありません。日本は独

裁政権の警察国家ではないのですから」

「うーん……」

刑事はまた唸って、「ちょっと待っとってくださいよ」と、取調室を出て行った。

5

刑事の言った「ちょっと」は三十分を越えた。晩秋の日差しは短い。窓の外はどんどん夕景の色になってゆく。

しびれが切れたころになって、最前の刑事が、自分より十ほども年長の、四十年配の刑事を伴って戻ってきた。

「やあ、どうもお待たせしました」

年輩の刑事はにこやかに言って、名刺を出した。「警部補　清沢孝夫」とあった。刑事課のデスク役を務めているのだろう。

「えーと、浅見さんでしたか、おたくさんは犯人の心当たりがあるいうことでしたな」

「ええ、そうです」

「それはほんまの話ですか？」

「本当です」

「しかし、犯人の名前は言えんというわけですな」

「そうです」

「その人物に迷惑がかかるいうのを心配しているいうのは、本官もよう分かりますが、どないでしょうかなあ、ヒントになるようなことを教えてもらういうわけにはいかんでしょうか？」

「ヒントは、ですから、さっきこちらの刑事さんに言ったように、殺された奥さん――宏枝さんの知人で、彼女が愛していたと思われる男だと思います」

「それだったら、いかにも漠然としすぎているのとちがいますか？」

「そうでしょうか、本吉さんの元の奥さんが付き合っていた男性は、そんなに多いとは思えません。調べればすぐに分かりそうな気がしますが。もっとも、その男はかなり用心深い性格でしょうから、案外、誰にも尻尾《しっぽ》を摑まれていないかもしれませんが」

「それですがな。じつは、われわれ警察としても、本吉さん以外に付き合っている人物がいないか、被害者の周辺を洗っておるところやが、いまのところ、まったくそれらしい人物は浮かんできておらんのです。あれだけの美人で、まだ若い後家《ごけ》さん——とは言わんかもしれんが——とにかく独り身の女ですからな、誰か一人くらい、男がおってもええと思うのですがなあ。もっとも、まだ捜査は始まったばかりやし、決して諦《あきら》めたわけやないですがね」

「一つだけ、僕が聞いた話で、興味深いものがあります」

「ほう、それはどういうものです？」

「本吉さんが脳内出血で入院しているあいだ、本吉家に出入りしていた若い男の人がいるのです」

「ああ、それやったら、うちのスタッフも聞いてきました。隣の奥さんがそないなことを言うとったそうですな」

「その人物ですが、誰だか見当はつきましたか？」

「いや、それは分からんそうです。たぶん会社の人間やないかということで、明日にでも、本吉さんの勤めとった南堺化学という会社に出掛けてみようか、思うとるところです」

「その人物ですが、隣の奥さんに写真を見せたところ、たぶんこの人に間違いないと思うと言ってましたが」

「えっ？　写真て、誰の写真を見せたのです？」

「津野という人物です。南堺化学時代の本吉さんの部下で、二日前、南御堂の境内で他殺死体で発見されました」

「なんですと!?……」

それまで、比較的に穏やかな調子で喋《しゃべ》っていた、いかにも温厚そうな警部補が、本性を剝《む》き出しにしたように、恐ろしい顔で浅見を睨《にら》んだ。

「それはほんまの話でっか？」

「ええ、事実です。嘘だと思うなら、あの奥さんに電話して、確かめてみてください」

警部補が顎《あご》をしゃくるより早く、若いほうの刑事がサッと部屋を出て行った。

「驚きましたなあ……」

清沢警部補はようやく落ち着きを取り戻した。

「あんたの言うことを聞いていると、いちいちびっくりさせられる。あんた、フリーのルポライターやそうやけど、ほんまは何者でっか？」

「いえ、本当にただのルポライターですよ」

「そうやろかなあ……どうも信用でけんところがあるのやが」

清沢は腕組をして、ニヤニヤ笑った。

「一応、あんたの身元を調べさせてもろているので、いずれはほんまの正体が分かるとは思いますけどな」

「えっ……」

今度は浅見が狼狽した。

「さっきあの刑事さんに名刺を渡したはずですが。僕はあの名刺に書いてあるとおりの人間ですよ。それ以上、何もありませんよ。調べたって無駄です」

「まあまあ、ええやないですか。何もやましいことがないいうのやったら、それでよろしいがな」

「いや、そうはいきませんよ。家族がです、警察から問い合わせなんかがあったりしたら、やっぱりいい気持ちはしないでしょうからね」

「お宅さんに迷惑をかけるようなことをせんでも、いまの警察は進んでおりますのでね。所轄署のデータだけでも、充分、浅見さんの素性ぐらいは洗い出せますがな」

「……………」

浅見は黙った。（まずい――）とは思うが、しかしどうすることもできない。せめて浅見家のほうには問い合わせがいかない――という、清沢の言が頼りであった。

まもなく刑事が戻って来て、浅見の言ったとおり、隣家の夫人が見たのは、どうやら津野に間違いないらしいことが確認された。

「というと、これはどういうことになるのかなあ？」

清沢警部補は首をひねった。

「それじゃ、ヒントついでにもう一つのヒントを教えましょうか」

浅見は言った。清沢も若い刑事も、興味半分、憎らしさ半分――という目を浅見に向けた。

「その津野さんですが、じつは、このあいだ御堂筋のパレードの最中に死んだ、梅本観華子さんと付き合いがあったらしいですよ」

「ほんまでっか？……」

清沢は不気味な物《もの》の怪《け》を見るような目で、浅見のすました顔を見つめた。

「ええ、これは本当です。ただし、情報の出どころについては教えるわけにはいきませんけどね」

「そうすると、なんでっか、谷川宏枝さんの事件と津野さんの事件と、おまけに梅本観華子さんの事件とが、みんな繋《つな》がっておるいうことでっか?」

「たぶん……」

浅見は重々しく頷いた。

二人の刑事はしばらくじっとして、浅見の顔を窺《うかが》っていた。それから申し合わせたように顔を見合わせ、どちらからともなく「あは、あは……」というような、自信のない笑い声を洩《も》らした。

「そんなアホな……」と、先に言ったのは若い刑事のほうだ。清沢警部補ドノに感想を言わせては申し訳ない——と気をつかったのかもしれない。しかし、自信のなさは言葉の弱々しさに如実に表われている。

「アホらしい話ですなあ。どないですか係長」と、すぐに上司におうかがいを立てた。

「ああ、わしもそう思う。あまりにもばかげた話やな。いや、つくり話としては非常に面白いかもしれんけどな。ははは……」

ひとしきり笑ってから、顔をしかめて浅見に言った。

「あんた、いろいろおもろいことを言うてもろたが、ちょっとばかし勇み足やったな。そこまで話を広げてしもうたら、なんぼお人好しの警察でも、騙《だま》されへんで。しかし、それにしても、何が目的でそないな大風呂敷を広げたんや？　誰に頼まれたんや？　本吉からなんぼかもろうたんか？」

「情けない……」

浅見は吐き棄てるように言って、ガックリと肩を落とした。

「あなた方はどうしてそう、何事にも懐疑的なんですかねえ。たまには民間人の言うことを信用してみたらどうなのですか？　口先では警察に協力を——みたいなことを呼びかけているくせに」

二人の警察官はこれ以上はできないほど、苦い顔になった。そして、清沢警部補が我慢ならんとばかりに、紋切り口調で言った。

「そこまで正義漢づらして言うのやったら、浅見さん、あんた、犯人の名前を言うてみたらどないやね。谷川宏枝、津野亮二、梅本観華子を殺害した凶悪なる犯人を野放しにしておいて、警察の悪口を言う資格はないのとちがうかね？」

それはたしかに、浅見のもっとも痛いところを衝《つ》いている。

「ひとつだけ」と浅見は苦しそうに言った。

「犯人の名前を言えない理由がひとつだけあるのですよ」

「ふーん、それは何やね？」

清沢は権威を取り戻したように、横柄な言い方をした。

「僕が考えている人物には、梅本さんを殺すチャンスがあったとは思えないのです」

「？……」

浅見の思考の内容が分からない二人は、顔を見合わせるだけだ。

「梅本さんは、常用しているクスリの中に、何者かの手によって混入された毒物を服用して死んだのですが、僕の考えている人物が、はたしてその作業を行ないえたかどうか、それが疑問なのです」

「ついていけんな！」

とうとう、清沢警部補がサジを投げたように言って、立ち上がった。

「どうもあんたは誇大妄想のケがあるみたいやな。次から次へと、ようまあ、いろいろ言うてくれたもんや。ま、しかし折角の話やから、参考意見にはさせてもらいます。今日のところはこれでお引き取り願いましょうかなあ」

「分かりました、僕ももう、これ以上のことは言いたくありません。ただ、本吉さんに一度だけ会わせてくれませんか」

「いや、あかんあかん、本吉は目下、重要参考人として取調べ中やさかいな。おい、この人に帰ってもらえや」

若い刑事に命じて、清沢が取調室を出ようとしたとき、ドアを開けて制服の警察官が入ってきた。

「あ、署長……」

清沢は驚いて、二歩三歩、後ずさった。

「何か？……」

「うん」と署長は頷いてから、浅見の前に進んだ。

「失礼ですが、あなたは浅見刑事局長さんの弟さんではありませんか？」

慇懃《いんぎん》に尋ねた。

浅見は観念して、椅子から立つと、力ない声で「はあ」と答えた。

清沢警部補が目と口と、それに鼻の穴までを、大きく開いた。

第六章　浅見光彦の敗北

1

それから間もなく、本吉清治の留置は解かれた。留置するに足る理由に欠けると刑事課長が判断したことによるもの——公式にはそう発表されたが、じつは浅見の献言に沿った措置である。

もっとも、良識ある判断に立てば、本吉を留置して取り調べるなどというのは、もともと強引すぎるやり方だったのだ。

刑事の応対がガラリと変わって、留置場から出るときには、「ご苦労さまでした」とまで言われた。本吉は狐《きつね》につままれたような顔をして、浅見の待つ玄関先に現われた。

　警察の態度が急変した原因が、よもや「正義の味方」にあるとは思わないから、浅見の顔を見て上機嫌であった。

「いやあ、近頃《ちかごろ》の警察はえらい丁寧でんなあ。せっかく来てもろうたが、これやったら、何も心配することはなかった」

「そうでしょうとも、警察は正義の味方ですからね」

　浅見はニッコリ笑って迎え、本吉の手を握った。

「それはそうやけど、しかし最初のうちはどうなることかと不安やったのです。連行する際かて、うむを言わせぬ――いう感じやったですからな」

　本吉はそのときの不安を思い出したらしく、顔をしかめた。

「また、出頭してもらうことがあるかもしれんとは言うてましたけどな」

「大丈夫ですよ、もうそういう心配はなくなるはずですから」

「ほんまでっか？……けどあんた、ようそんなことまで分かりますな」

「いや、さっきの刑事さんからちょっと聞いたのですが、犯人の心当たりはすでにあるらしいですよ」

「ふーん、そうでっか……犯人は何者やったのですか?」

「そこまでは知りませんが」

「たぶん通り魔みたいなやつでっしゃろな。それにしても、女房――宏枝は何だってあんな場所で待ち合わせをしようと思うたのやろかなあ? その点は刑事に訊《き》かれても、さっぱり見当がつかなんだのやが……」

「まあ、そのことは警察の捜査に任せるしかありませんよ」

「そうでんな……けど、どうせ死ぬくらいやったら、もう一度、わしのとこに戻って来てくれたほうがよかったのに……」

本吉は寂しい顔になって、俯《うつむ》いた。

「ところで」と浅見は本吉を元気づけるように、声を張って言った。

「例の、本吉さんの発明ですが、設計図のコピーを貸していただけませんか」

「ああ、構いません。コピーぐらいやったらなんぼでも貸しまっせ。どうせ盗用されてしもうたんやから、いまはもう、ただの紙っ切れみたいなものですさかいな」

警察の前からタクシーに乗った。日はとっくに暮れて、浅見も本吉も空腹であった。ひとまず報告かたがた例のラーメン屋に立ち寄った。ラーメン屋のおやじは浅見に、

「あんた、ほんまに正義の味方さんやなあ」と、なかば感心し、なかば気味悪そうに言った。

もっとも、そのおやじにしても、浅見が警察を動かして、本吉を救出したなどとは想像もつかない。

本吉の家は関西地方独特の、いわゆる「文化住宅」と呼ぶ二軒つづきの木造家屋で、フリージアスロンという大発明をした人物の住まいとしては、かなりお粗末だ。そのことを言うと、本吉は苦笑した。

「ほんまでんな、世が世なら、いまごろは芦屋《あしや》あたりの邸宅に住んどったかもしれまへんさかい」

本吉は「散らかっているもんで……」と、あまり見せたくない様子だったが、家の中に一歩入ると台所の生ゴミの腐ったような臭いが漂っていた。玄関を上がったところが居間になっている狭い家だが、妙にガランとした印象を受けた。

その理由はすぐに分かった。家財道具がまるで無いのだ。居間にはテレビが一台、ポツンと置いてあるだけで、本来は洋間として使っていたらしい床に、貧しげな絨《じゅう》毯《たん》を敷いただけで、テーブルも椅子《いす》も何もない。捨てられた男の哀愁のような気配が、家中に立ち込めていた。

「一切合財、女房が持って行ってけつかったのですわ」

本吉は乾いた声で笑った。

二階の一室が本吉の仕事場になっている。そこだけは「略奪」を免れたらしいが、足の踏み場もないほどの乱雑さで、本吉が、ほとんど自棄《やけ》同然の投げ遣《なや》りな気分になっていたことが想像できる。

部屋の隅にある製図台の上に描きかけの図面が放置してあった。

「これがフリージアスロンですか?」

浅見は訊いた。

「いや違います、また新たにべつの何かを考えようとしとるのやが、どうもあきまへん。それと、浅見さん、フリージアスロンという名称は言わんといてもらえませんかなあ。聞くたびに気色悪うてかなわん」

「あ、そうでしたね。えーと、正式名称は極超微粒子噴射装置――でしたか」

「そうです、その設計図はこれです」

本吉は薄っぺらで大きな引出しがいくつもある中の一つから、設計図を取り出した。

何やら直線と曲線が複雑に入り組んでいるけれど、浅見にはさっぱり分からない。

「設計図は、本吉さんが倒れる前から、ずっとここに仕舞われていたのでしょうか？」

「いや、そのころはまだ製図台の上に載せてありました」

「というと、未完成だったのですか？」

「完成はしとったが、特許申請のための細かい部分の書き込みが少し残っとったのです。たぶん、それをやっておるうちに気分が悪うなって、意識不明になったのやと思いますが……しかし、その前後のことはいまだにはっきりせえしまへんのや」

本吉はもどかしそうにそう言って、唇を噛《か》んだ。

「設計図はそこに載せてあった一枚だけでしたか？」

「そうやと思います。ただ、会社のほうにもコピーを持って行っとったのが一枚ありました。会社でひまなときに、チョコッと眺めておったのです。ただし、それはまだ未完成の状態やったが」

「そのコピーのほうは、病気が治って会社に出られたとき、ちゃんとありましたか？」

「ああ、ありました。デスクの引出しは鍵《かぎ》がかかったままやったし、たぶん誰《だれ》にも見られてはおらなんだと思います」

「ここに出入りしたのは、奥さんだけでしょうか？」

「そうやと思いますがなあ。しかし、たしかなことは分からしまへん」

「津野さんは、お宅にはよく出入りされていましたか？」

「そうですな、よく、というほどやなかったと思いますが……しかし会社の中で親しくしとった者といえば、津野君ぐらいなものやったし、三月に一度くらいのペースでは来とった、思います」

「本吉さんが入院していらっしゃるあいだはどうでしょう？」

本吉はチラッと浅見を見て、わずかに口元を歪《ゆが》めた。

「病院に見舞いに来てくれとったから、ときには家のほうにも寄っていたかもしれませんな」

「退院なさってからはどうでしたか？　津野さんの様子に、それまでと変化はありませんでしたか？」

「うーん……」

本吉は腕組をして、天井を仰いだ。

「とにかく、わしは病気以来、しばらくのあいだは頭の回転も判断力も鈍くなってしもうて――いや、いまでもそうですが――そう言われてみると、何やらよそよそしくなったいう感じはありましたかなあ」

「率直に言って、どうなのでしょうか、津野さんが設計図を盗み出したという可能性はありませんか？」

「それはないでしょう」

本吉は簡単に断言した。それには浅見は驚かされた。

「ずいぶん確信ありげですね」

「ああ、津野いう男は、そういう大それたことはでけへん人間ですよってな。まあ、せいぜい、女房と不倫ぐらいはしたかも……いや、それもないかな」

本吉は首を横に振った。

「かりにその気があったとしても、設計図が盗まれたことが分かれば、最初に疑われるのは津野君しかないことになりますさかい、そんな危険な橋は渡らんでしょう。第一、彼は事務屋ですさかい、設計図を見ても、発明の価値は理解でけへんかったと思います」

価値が分からないという点では浅見も同様だったから、納得できた。まさに猫に小判というやつだ。

「ほかに誰か、発明について知り得た人物はいませんか？」

「おらんと思います。強《し》いて言えば、女房の身内の人間は出入りしとったが……しかし、いずれも素人ばっかしですさかい、図面を見てもチンプンカンプンでしょう」

「奥さんはどうだったのですか？　発明のことはご存じだったのですか？」

「そら知ってましたよ。図面は読めないが、わしが自慢して、晩飯のときなんかに、よう話してやりましたさかいにな。そのうちに芦屋に豪邸を建てるでえとか言って、でっかいことばっかし言うとったものです」

本吉の脳裏を、そのころの希望に満ちた夕餉《ゆうげ》の風景がかすめたらしい。天井に向けた目に、ほんの一瞬、光るものが浮かんだ。

「もしよければ、奥さんと離婚された前後のことを、話していただけませんか」

浅見は残酷な質問をした。本吉は顔をしかめたが、拒否はしなかった。

「早い話が、捨てられたいうことですな。誰か男ができたのやと思うのだが、長いこと看病してくれたのやし、文句も言えへんかったのです。それに、いつまでもグジグジ言うのんは惨めったらしいし、じきに諦《あきら》めて、別れたる、言うてやりました」

「じゃあ、相手の男のことも、探ってみようとはしなかったのですか？」

「ああ、せえへんかったです。恰好《かっこう》つけたいうのでっしゃろかな。いまにしてみれば、しもうたことをした、いう気持ちもありますけど、しかし、ほかにどうすることもでけへんかったでしょう。まさか泣いて縋《すが》るわけにもいきまへんさかいにな」

　本吉は空疎に笑ってみせた。

「言いにくいことかもしれませんが、発明が盗用されたと気づいたとき、盗んだのは奥さんではないか——というふうには思わなかったのですか？」

「いや、思いませんでしたなあ。女房は技術的なことはさっぱり分からん人間でしたからな」

「しかし、発明の価値は——少なくとも芦屋に邸宅が建つほどの値打ちがあることは知っていたのでしょう？」

「さあなあ、それかて、私が誇大妄想ぎみに、口から出まかせみたいなことを言うとると思うとったかもしれません」

「奥さんは真価は知らなくても、誰かに話して、その人が図面を盗んだ可能性はあるでしょう。たとえば……つまりその、奥さんの愛人であるとか、です」

浅見は口ごもりながら言った。

「それはまあ、たしかに浅見さんの言われるとおりやが……」

本吉は情けない顔をして、「たとえそうであったにせよ、女房が盗んだいうことにはならんでしょう。悪いのは女房やのうて、盗ませた人間や」

声を震わせた。浅見は黙って、本吉の顔から目を逸《そ》らせた。

2

浅見はそこから真っ直ぐ梅本の事務所へ向かった。梅本は浅見が来るまでは事務所で待機していると言っていた。

本吉の製図した図面をひと目見た瞬間、梅本伸夫は驚きの表情を浮かべた。

「これは……」と息を飲んでから、「フリージアスロンの噴射装置そのものですな」

と断言した。

「しかし、同一のものとはいっても、すでに公開した図面を見て描いたものかもしれませんん。そうでないという証拠はありまへんからなあ」

その点が本吉の、そして浅見にとっても最大の弱点であった。

「かりに」と浅見は言った。

「この発明が盗まれたものであることが判明した場合、特許権の帰属はどうなるのでしょうか？」

「それはわれわれの仕事の範疇《はんちゅう》にはなじみませんが、まあ、常識的に言えば、前にも言ったように、盗用が立証され、刑事事件として処理されるようなことにでもなれば、当然、権利は第一発明者に帰属することになると思います。いや、権利ばかりでなく、本来の発明者が権利を回復するまでの間に、コスモレーヨンがフリージアスロンによって得たところの利益についても、応分の賠償がなされるでしょう。もっとも、コスモレーヨン社が盗用の事実を知らずに開発と製造を行なっていた――いわゆる善意の第三者である場合には、ある意味ではコスモレーヨンもまた被害者的立場にあるわけですので、賠償額は軽減されることになりましょうがね」

梅本は事務的な口調で言ってから、「しかし」と首をひねった。

「ほんまにこれは盗まれたものなのでしょうかなあ……」

「僕の感触から言えば、まず間違いないと思います」

「うーん……いや、浅見さんを疑《うたご》うて言うわけやないですがね、こういう事例はよくあることなのです。発明マニアいうのは、仰山《ぎょうさん》いてはりましてね、私らはそれで商売が成り立っておるいうこともあるのですが、それだけにトラブルは日常茶飯のことです。ほんのタッチの差でも先願権は絶対的なものですよってな。仲間同士で真似したのされたのいう騒ぎはしょっちゅうですよ」

「弁理士さんの——つまり梅本さんの法的責任については、何も問題にはならないのでしょうね？」

「ああ、それは大丈夫です。私はまったくの第三者にすぎませんのでね。そやからこうして呑気《のんき》に話しておれるわけで、私も盗用に一枚嚙《か》んどったらえらいことですわ。場合によったら浅見さんを殺さなあかんようなことを考えよるかもしれまへんで」

梅本は浅見の顔を覗《のぞ》き込むようにして、「あはは……」と高笑いした。

浅見は笑わなかった。対照的に険しい表情を作って、梅本の笑った目を見返して「やはり殺したくなるものなのでしょうねえ」と言った。

「えっ……」

梅本はギョッとして背を反らせた。

「いや、殺すいうのは譬《たと》え話でんがな。なんぼ何でも私が人を殺すわけがありませんよ。第一、そんな度胸は、よう持ち合わせとりまへんがな」

早口の大阪弁で捲《ま》くし立てた。

「もちろん梅本さんには人を殺せないでしょうね。僕だって、いや、誰だって殺したいほど人を憎むことがあっても、実際には殺したりはできない。しかし、この世の中には、殺したくなったら、ほんとうに殺してしまう人物もいるのです」

浅見は対照的にゆっくりと喋《しゃべ》った。

「それも、一人を殺せばまた一人——歯止めを失ったように殺すことになる。狂気としか思えないような犯罪を、冷静に、確実に、まるで計算しつくしたように行なう人間が、現実にわれわれの隣人として生活しているのです。恐ろしいことですね」

「そしたら……」と、梅本は言いかけて、唾《つば》を飲み込んだ。

「そしたら浅見さん、観華子が殺されたのも……まさかあんた、この発明の盗用事件が原因いうわけやないでしょうな」

浅見は悲しそうな目を脇《わき》へ向けて、それとはべつのことを言った。

「失礼なことをお訊きするようですが、梅本さんの事務所はコスモレーヨンとの付き合いは長いのですか？」

「え？　いや、長くはありません。それどころか、今度のフリージアスロンがはじめてのご依頼でした」

「一般的に言うと、コスモレーヨンほどの大企業なら、こういった特許出願申請などに関しては、特定の弁理士さんや特許事務所と契約を結んでいるケースが多いのではありませんか？」

「まあおっしゃるとおりですな。秘密保持の必要性から言うても、それがふつうです。そやから、今回の話を持ち込まれたときは、ちょっとびっくりしました。といっても、私としては、ありがたい話であることには、変わりありません。何しろコスモレーヨンといえば、大阪を代表する数少ない地元企業ですのでね。近頃はある程度、発展してしまうと、どの企業も東京に本社を置きたがる。口では一極集中はあかん言うても、本音の部分では、みんな東京を向いておるのですわ。何でもかでも東京でのうてはあかんみたいな……あほらしい傾向です」

言ってから「あ、おたくも東京でしたな」と苦笑した。

3

浅見は梅本の饒舌《じょうぜつ》が一段落するまで、根気よく耐えて、訊いた。

「コスモレーヨンは、なぜ梅本さんに申請事務を依頼してきたのでしょうか？」

「うーん……そう訊かれると、当惑せざるを得ませんなあ。考えられることは、何らかの事情があって、従来の事務所には持ち込みたくなかったいうことなのでしょう。それと、今回の分については、当初の話ではコスモレーヨン社としてでなく、山際さん個人の発明として出願申請されるはずだったのです。それが中途から、やはり会社名義で申請するいうことになったのやそうで、したがって、おそらく通常のケースとは異なっとったのかもしれん……」

言いながら、梅本は気づいた。

「まさか……」

「山際氏は、なぜ自分名義の出願申請を撤回したのでしょうかねえ？」

浅見は顔色を失った梅本に、追い撃ちをかけるように言った。

「それはまあ、常識的に考えられるのは、個人の発明とはいっても、山際さんがコスモレーヨンに所属している以上は、会社の一員としての身分ですから、発明を私物化するのは、業務上背任行為になる可能性があったのやないですかなあ」

「なるほど。しかし、こうも考えられませんか。山際氏は、噴射装置の出願者が自分であることを隠したかった——とは」

「はあ……その理由は？」

「つまり、本吉さんの復讐《ふくしゅう》を恐れたというわけです」

「うーん……しかしそれは、フリージアスロンが本吉さんいう人の発明であるという前提に立っての話ですな」

「もちろんそうです。もう一度言いますが、あれは本吉さんの発明したものですよ」

「しかし、山際さんが盗んだいう証拠はないのとちがいますか？」

「証拠はやがて顕《あらわ》れますが、それより何より、賭けてもいいですが、山際氏にはフリージアスロンを発明する能力も、また、そのために努力精進した形跡も、まったく発見できないと思います」

「そう断言してええものでしょうかなあ。聞くところによると、山際さんも、マサチューセッツ工科大を出た、いっぱしのエンジニアやそうですが」

「アメリカの大学を出たからといって……それに、エンジニアであっても、才能に恵まれているとは限らないでしょう。かりに才能があっても、僕が会った印象からいって、あのひとは努力する人物だとは思えませんでしたが」

「それはそうかもしれんが……しかし、山際さんはコスモレーヨンの社員です。南堺化学とは競合関係にあるし、本吉さんが発明したいう情報をキャッチしたり、いわんや図面を盗み出すことなど、あり得ないのとちがいますか？」

「それがあり得たとすればどうなるでしょうか？」

「あり得たとすれば……」

「たとえば、津野さんの存在です。彼が、上司である本吉さんの家に出入りしていたことは分かっています。津野さんと山際氏とのあいだに接点があれば——そして津野さんが山際氏に本吉さんの発明のことを話したとすれば、山際氏がそれを盗用しようと考えたとしても、少しも不思議ではありません」

「というと、つまり、発明を盗み出したのは津野いう人ですか？」

「そうかもしれませんが……僕はべつの可能性を考えています」

「べつの可能性？」

「ええ、津野さんが本吉家に出入りできたとしても、図面を盗み出せたかどうか、疑問ですからね」

「そしたら、誰いうことになりますか？」

「その答えは、津野さん以上に、本吉家に自由に出入りできた人物を探し出せばいいことになります」

「本吉家に自由に出入りできる人物――いうと、誰ですかいな？」

「奥さんです。本吉さんの奥さんですよ」

梅本は「あっ……」と口を開けた。

「こんなことはあまり考えたくなかったのですが、おそらく、本吉夫人がご亭主の発明を山際氏に売ったというのが真相だと思います」

「なぜです？　金欲しさでっか？　そらまあ、ご亭主が入院しとったいうし、大変やったのは理解できるが、それにしたって、ご亭主の発明の価値がどのくらいのものか、妻たる者としては分からんはずはないのとちがいますかなあ。それとも、ご亭主に内緒で売り渡したいうことやろか？」

「そのようですね」

「しかし、そのお蔭《かげ》で入院費も払えたのやろし、ご亭主かてその間の事情については承知しとらんはずはないでしょう」

「いや、知らなかったようですよ。それに、はたして入院費や生活費を捻出《ねんしゅつ》するために売り渡したものかどうかさえ、疑問と言わざるを得ないようです。僕はたまたま『売った』と言いましたが、代価は必ずしもお金で支払われたとは限らないでしょう」

「というと？」

「たとえば、愛情、です」

浅見は何とも言いようのない、複雑な表情になって、言った。

「奥さんは山際氏の歓心を買うために、本吉さんの虎《とら》の子の大発明をコピーして、渡したのだと思います。もっとも、その時点では奥さんに、それほどの罪悪感もたいへんなことをしている――という意識もなかったのかもしれません。おそらく、山際氏は言葉巧みに、単なる好奇心で図面を見たいというようなことを言ったのでしょう。それがよもや、コスモレーヨンのフリージアスロンになるなどとは、奥さんはまったく思ってもいなかったにちがいありませんよ」

「うーん……」

梅本は何度目かの唸《うな》り声を発した。

「しかし、そういうことやったら、浅見さんが言うたように、まず疑わしいのは奥さんやないかと、誰かて思いますが、本吉さんは、なんでそのことを奥さんに訊いてみんかったのやろか?」

「フリージアスロンの特許が認可されたのを本吉さんが知ったときには、すでに奥さんは離婚していたのです。本吉さんの言葉で言えば、『逃げられた』のだそうですがね」

「そしたら、奥さんの行方《ゆくえ》を探して、真相を究明《きゅうめい》するべきでしょう。浅見さんも、私のところなんぞに来んで、奥さんを探すほうがええのとちがいますか?」

「奥さんの行方は分からなかったのでしょうね。というより、僕の印象から言うと、本吉さんには、どうやら奥さんを追及する勇気がなかったのじゃないかと思います。それに、僕が奥さんを探したくても、本吉さんの元夫人はもういないのですよ」

「いない……いうと、まさか?……」

「そのまさかです。元本吉夫人の谷川宏枝さんは、昨夜、大浜公園で他殺死体となって発見されました」

「えーっ、そしたら、ニュースで言うとったあの事件の被害者が奥さんでっか……」

梅本は震え上がった。

「もし、この事件が単なる発明の盗用というだけのことだったら……」と浅見は憂鬱《ゆううつ》そうに言った。

「……僕はたぶん関わりあう気にもならなかったでしょう。しかし、この事件には殺人がからんでいます。しかも、きわめてエゴイスティックな犯行と言わざるを得ません」

「警察は何をしておるのです？　浅見さんが言うたようなことを知らないのですか？」

「残念ながら……」

浅見は目を閉じた。

「えっ？　知らんのですか？　それなのに浅見さんはどうして……いったい浅見さん、おたくさんは何者でっか？」

「…………」

浅見は黙って、苦しそうな顔で首を横に振った。もはや「正義の味方」などという軽口をたたく気分でもなくなっていた。

「うーん……」

梅本はまた唸った。浅見の様子から、切迫した状況を肌で感じたのだろう。

「分かりました。正直言うて、出願申請を扱った私としては、浅見さんの憶測を否定したいのはやまやまなのだが、反論する論拠も気力も次第に無《の》うなってゆくような気がしますなあ。何しろ、現実に津野いう人も、それに本吉さんいう人の奥さんも殺されたのやし、それに……そうや、観華子かて、ひょっとしたら……浅見さん、うちの観華子もその山際さん、いや、山際いう男に殺されたのでっしゃろか?」

「たぶん」と浅見は頷《うなず》いたが、表情はいっそう厳しさを増した。

「ただ、お嬢さんの事件だけが、どうしても僕には分からないのです。山際氏の犯行とするには、お嬢さんと山際氏の接点がまったく見出《みいだ》せない。たとえば、お嬢さんの薬ビンの中に毒物入りカプセルを混入するにしても、そのチャンスが山際氏にあったとは考えられないのですね。唯一あったとすれば、御堂筋パレードの当日の、コスモレーヨンチームの控室ぐらいなものでしょう。しかし、もちろん警察は、お嬢さんをはじめとするタレントさんたちが着替えやメイキャップをした、控室周辺を徹底的に洗っています。そういう作業に関しては、日本の警察は緻密《ちみつ》で遺漏があったとは思えません。もし山際氏がその付近に足を踏み入れたりしていたら、当然、警察の捜査線上に浮かんでいるはずです」

「けど、たまたま見た者がいなかったいうことだって、考えられるのとちがいますか？」

「むろん、たまたま目撃した者が一人もいなかったということもあり得るでしょう。しかしこの事件の犯人――ことに山際氏のような狡猾《こうかつ》な人間が完全犯罪を企てるのに、偶然だの僥倖《ぎょうこう》だのに期待するようなリスクを冒《おか》すはずはありません」

「なるほど……そしたら、観華子を殺したのは山際ではない――とすると、つまりほかの二つの事件とは関係ないいうことになりますか」

「それがどうも、よく分からないのです。関係がないとするには、あまりにも観華子さんは事件全体の鍵を握るポジションにいましたからね」

「ほんまに、そうなのですか？……」

「ええ、観華子さんは沢山のキーワードを握っていたのですよ。それだからこそ、まず第一番目に殺されなければならなかったのでしょう」

「…………」

梅本は、目の前にいるのが、あたかも犯人そのものであるかのように、憎悪に満ちた目で浅見を睨《にら》んだ。

「実験をしてみませんか」

浅見は梅本の目を見返して、言った。

「実験？……というと？」

「山際氏をここに呼び出すのです」

「…………」

とたんに、梅本は怯《ひる》んだ表情を浮かべた。

「そして僕を彼に紹介してください。あとは僕一人でやりますから」

「しかし、彼はコスモレーヨンの有力社員ですからなあ……」

「つまり、今後の事務所のビジネスに差し障りがある——と、そうおっしゃりたいのですか？」

「ん？　いや、まあ……」

「お嬢さんの無念はどうするのですか？　まさか、天秤《てんびん》にかけるわけじゃないのでしょうね？」

「あほな……もちろんそんなことはしませんがな。よろしい、分かりました、山際さんをここに呼びましょう」

梅本は決然として受話器を握った。

4

山際義和は思ったより早く到着した。もっとも、梅本に「フリージアスロンの発明について、盗用の疑惑があるのではないかと、警察が言ってきた」と脅されては、放っておけなかったにちがいない。

オフィスに入って、そこに浅見を見ると、山際は一瞬、不思議そうな顔になった。

「あれ？　あんた、たしか……」

「ええ、先日お伺いした浅見という者です。その節はどうも」

「あ、そやそや、浅見さんでしたね。どうも……」

軽く挨拶《あいさつ》をしてから、梅本のほうを見た。ここになぜ浅見がいるのかを、問い質《ただ》す目つきだ。

「じつはですね、山際さんに来ていただくよう、梅本さんに頼んだのは僕なのです」

「ふーん、あんたが……」

山際は眉根《まゆね》を寄せて、不信感をあらわにして、梅本を睨んだ。梅本は当惑げに視線を外した。

「ということは、つまり、浅見さんが何やらややこしいことを言うて来たのですか？」

「まあ、そう思っていただいて結構です」

「それで、あんた、この僕に何を言いたいのです？」

「津野さんのことで、お訊きしたいことがあります」

「津野？……」

山際は険しい顔になった。

「そうです、津野亮二さんですよ。山際さんもご存じのはずですが」

「ん？……」

山際はすばやく状況を判断して、そこまでは認めるしかないと考えたらしい。

「ああ、このあいだ殺された人でしょう。知ってますよ」

「僕が言っているのは、個人的に、という意味ですが」

「だから、知っていると言っているでしょうが」

「どういうお知り合いですか？」

「そんなこと、あんた、刑事でもないのに、答える必要はないでしょうが」

「刑事ではありませんが、警察に届けることはできます」

「ふん、それは脅迫のつもりですか。やっぱり目的はカネか」

山際は冷笑した。カネが目的なら、いっそ気が楽だ——とでも言いたげだった。

「まあ、べつに隠すこともないから言いますがね。彼とはカラオケスナックで知り合ったのですよ」

「なるほど、そうすると、谷川宏枝さん——つまり、本吉さんの奥さんと知り合ったのも、津野さんの紹介ですね？」

「ふーん……」

山際は浅見の顔をまじまじと見た。

「あんた、よういろいろ知っているなあ。いったい何者です?」

「ですから、この前お会いしたときに言ったでしょう。フリーのルポライターですよ」

「ふん、信じられないが、しかしまあ、そういうことにしておきますか」

「それで、谷川宏枝さんとは親しい間柄になったのですね?」

「そんなこと知りませんなあ」

山際はニヤリと笑った。

「知らないって、ご自分のことでしょう」

「そしたら、忘れたと言い直しますかね。どっちにしたって、あんたには関係ないことじゃないですか」

「僕は関係ありませんが、こちらの梅本さんは大いに関係あります。お嬢さんが殺されているのですからね」

「それはたしかにお気の毒なことだが、だからって僕とどんな関係があるのです?」

「関係があると、僕は思っています」

「ふーん、どういう関係かね。まさか僕が犯人だなんて言うんじゃないだろうな」

「犯人かどうかは分かりませんが、津野さんが殺され、谷川さんが殺された事件に関わっていることはたしかだと思っています」

「ははは、それは面白い……と言いたいところだが、不愉快きわまる。もっとも、人殺し呼ばわりされて喜ぶやつはいないだろうけれどね」

「しかし、あなたが津野さんや谷川宏枝さんと関係があることを知ったら、警察は当然、あなたを有力容疑者の一人に上げますよ」

「そんなもん、勝手に容疑者にしたらいいでしょうが。関係ないものは関係ないのだからね、何も怖いことはない。だいたい梅本さん、あんた、こんなことを聞かせるために僕を呼ぶなんて、ちょっとおかしいのとちがいますか？　折角、うちの会社と付き合いができたいうのに、すべてがパーですな」

一気に捲くし立てると、山際は立ち上がった。

「ちょっと待ってくれませんか」

浅見が引き止めるのを無視してドアを開け、大股《おおまた》に出て行った。梅本は顔色を赤く青く変化させながら山際を送り、エレベーターの前でしどろもどろに挨拶していた。

「えらいことになりましたなあ……」

戻ってくるなり、梅本は恨めしそうな目で浅見を見て、言った。

「やっぱし、これは浅見さんの間違いでっせ。山際さんは犯人なんかやおまへんな」

「それはまだ分かりません」

そうは言ったものの、浅見も自信がグラついていた。あの山際の自信に満ちた態度からは、疑惑を抱かせる気配を感じ取ることは無理なように思えた。

（それにしても、あの自信はどこから来ているのだろう？——）

山際は彼の言葉どおり、犯人なんかではないか、それとも、よほど完璧《かんぺき》なアリバイでもあるのかもしれない。浅見は山際とは対照的に、取り返しのつかない過ちを犯しているような不安に襲われていた。


ホテルに戻ると堺北署の署長からメッセージが届いていた。「至急、連絡されたし、何時まででも署にてお待ちします」とある。

時計はすでに十時を回っていた。浅見は何となく気のすすまないのを、鞭打《むちう》つように電話のボタンをプッシュした。

「お待ちしておりました」

　署長の言葉遣いが丁寧すぎるのが、また浅見を憂鬱にした。しかし、こうなった以上、刑事局長の弟という地位を利用することに徹したほうがいいとも思った。

「じつは、先程まで大阪府警本部の刑事部長と話しておったのでありますが、この際、浅見さんのご意見を尊重してです、三つの事件の捜査本部――曾根崎署と南署、それにうちの堺北署の各署にある捜査本部が集まって、合同の捜査会議を開き、浅見さんの推理をお聞きしようということになりました」

「ちょ、ちょっと待ってください」

　浅見は慌てて、受話器に向かって唇を尖《とが》らせた。いくらなんでも、そこまでしゃしゃり出ては、問題が大きくなりすぎる。

「民間人の僕が、専門家である警察のみなさんの、それも合同捜査会議なんかで話すことなんかできませんよ」

「いやいや、ご遠慮なさるいうお気持ちもよう理解できます。しかしながら、これは刑事部長と入念に打ち合わせた結果の方針でありますので、何とぞ曲げてご承諾いただかな困ります」

「困りますって言われても、僕のほうこそ困るんですよねえ。第一、まだまだ謎《なぞ》が多過ぎて、分からないことだらけなのです。民間人の僕なんかでは、やれることもたかが知れていますよ。捜査権もないし、それにデータだって乏しいわけですから」

「そやから……」

署長は勢い込んだ。

「それでしたら、なおのこと、会議にご出席なさるべきでありましょうがな。浅見さんがよう調べられんことは、それこそ、われわれ専門家があんじょうお調べしますさかい、何もご心配することはありません。とにかく明日午後一時に、曾根崎署の会議室にお越しいただきたいのです。よろしいですな、お願いいたしましたぞ」

最後はつい地が出たのか、なかば強圧的な口調になった。出てこないと逮捕に向かうとでも言いそうだった。

電話を切って、浅見は窓辺に佇《たたず》んで中之島の闇《やみ》を眺めた。

事件はまだ闇の中にある——と思った。山際義和の犯行であるという、確信に近いものはあるが、それはあくまでも状況証拠の域を出ない。というより、むしろ、浅見の山際に対する嫌悪感が、思い入れにつながっていると言えなくもないのだ。

謎が多過ぎる――と署長に言った浅見の言葉は、謙遜《けんそん》でも何でもない。さまざまな出来事が、まだ謎の状態のまま積み残されていることを、浅見は一つ一つ数え直してみて、目が眩《くら》みそうな気がした。

1、アリスを轢《ひ》き殺した赤いスポーツカーの主は何者か？
2、観華子はその車の持ち主を探し当てたのだろうか？
3、観華子の薬ビンに毒物を混入したのは何者？
4、畑中有紀子が深夜の街で見たという「幽霊」は何だったのか？
5、有紀子の部屋の留守番電話に入っていた〔観華子からの電話〕の謎は？

これらのことは少しも解明されないままになっている。

さらに言えば、梅本家を「恐喝」しようとした怪人二十一面相とは何者か？　彼が恐喝を中断した理由は何故《なにゆえ》か？　津野亮二は難波のカラオケバーを出て、どこへ、何をしに向かおうとしていたのか？　その前に、八雲克子が目撃したという、津野と観華子のデートとは、いったい何だったのか？　二人は何を話していたのか？　本吉の発明を盗んだ人物にしても、山際に教唆《きょうさ》された宏枝である——とは思うけれど、その間の経緯や、宏枝が殺されることになった事情など、すべて想像や憶測の域を出ない、漠然とした状態のままであった。

こういう謎だらけの状態で、津野を殺した犯人や谷川宏枝を殺した犯人を山際義和だ——などと決めつけるのは、おこがましい話である。民間人の浅見だから許されるけれど、警察がこんな当て推量を発表したならば、たちまち社会問題になるだろう。さしずめ、浅見の兄の陽一郎刑事局長ドノなどは、国会の法務委員会あたりで、吊《つ》るし上げを食うに決まっている。

そう思うと、「捜査会議」への出席など、浅見にとっては憂鬱のかたまりでしかないのだ。

母親の雪江に、耳にタコができるほど「陽一郎さんにご迷惑をかけないようになさい」と言われているのが、急に頭の中で増幅され、鳴りひびいてきた。

民間人だから——といって安閑としてはいられないのかもしれない。捜査会議という公の場での発言ということになれば、すでに警察機構の中での公の行為として認知される代わりに、それなりの責任を負わされるのではないだろうか？

（まずい――）

浅見は背筋の辺りがうそ寒くなってきた。最悪のことを勘繰《かんぐ》れば、大阪府警本部長あたりが、警察畑ではダントツに出世頭の浅見陽一郎刑事局長の足を引っ張る口実として、愚かな弟を利用しようとしている可能性だってあるかもしれない。官僚機構とは、もともとそういう冷酷な世界なのだ。

（まずい――）

もう一度そう思ったとたん、電話のベルが鳴った。飛び上がるようにして受話器を取って、浅見はもういちど驚かされた。

「私だ」と低く抑えた声は、まぎれもなく、たったいま思い浮かべたばかりの兄・陽一郎であった。

「いましがた、大阪府警の片山本部長から電話があった。なんでも、大阪で起きた事件に、きみがかなり関与しているそうだが、事実なのか？」

「すみません」

浅見は受話器を捧《ささ》げ持って、頭を下げた。この際、先制攻撃的に謝ってしまうほかはない――と思い早口で喋りまくった。

「ちょっとした仕事関係の流れで、たまたまそういう羽目に陥ったのです。僕としても、決して望んでそうなったわけではなくてですね、雇い主であるところのコスモレーヨンという会社の絡みで、そう無下《むげ》には断れないような状況があったわけで。つまり、提灯《ちょうちん》持ちの記事を書いてなにがしかになるという……まあ、そこがしがない一匹狼《おおかみ》のルポライターのつらいところなのです。とはいっても、いつまでも居候《いそうろう》を決め込んでいるわけにもいかないし、独立をして嫁さんをもらわなければならないし、それに、さしあたってはソアラのローンとかですね、いろいろ物いりでして……しかし、これ以上は兄さんに迷惑がかかるといけないので、手を引くことにします。明日の朝の一番で東京へ引き上げます」

「いや、それはいかん」

「ええ、いけないことはよく分かっているのですが、たまたま……」

「そうではない、家に帰って来てはいけないと言っているんだ」

「は？……帰って来るなって、そんな、いきなりそんな冷たいことを言うなんて、それは兄さん、いくら何でもひどいじゃないですか。僕だって何も好きこのんで居候をしているわけでは……いや、たしかに居心地がいいことは認めますよ。義姉《ねえ》さんは優しいし、須美ちゃんの料理だってまあまあです。それに感謝して、それなりの食費も入れているはず……」

「ばかだな、何を勘違いしているんだ。私はそんなことを言っているわけじゃないよ。片山府警本部長がきみを貸してくれと言ってきたのだよ。だから、もう少し大阪にいてくれと頼もうとしているのに……」

最後は、おかしさを堪《こら》えているような含み笑いになった。

「なんだ、そうだったのですか」

浅見はほっとしたが、笑う気分にはなれない。

「そのことだったらさっき、事件のあった所轄署の署長から依頼がきました。じつはそれで困っていたところなのです」

「困るって、何が?」

「だってそうでしょう、僕みたいな素人が警察組織に対して、何ほどのことができると思いますか?」

「おいおい光彦、私に向かっていまさら建前や謙遜は無用だよ。過去にきみが警察を出し抜いて、難事件を解決した事例を、私が知らないと思っているわけじゃないだろうね。とにかく片山本部長が自ら頼んできているのだから、面倒見てやってくれないか」

「しかし、本部長や幹部の人たちが好意的であっても、現場の刑事さんたちは歓迎してくれませんよ。いつだって、どこでだって、僕は白い眼で見られてきました」

「まあまあ、そう気を悪くするな。専門家の狭量なのは、なにも警察に限ったわけではあるまい。学者だってそうだし、きみみたいな物書きの世界でも、かたくななのがいるそうじゃないか。そういうのを、いちいち気にしたり、憤慨したりすることはないよ。むしろ、上手に利用するくらいの柔軟な対応の仕方を身につけることだな。とにかく、よろしく頼むよ。滞在費は府警のほうで面倒見てくれるそうだ。あ、そうそう、それから、誰もきみのことを居候だなんて思ってなんかいやしないからね」

また含み笑いをして、陽一郎は電話を切った。

第七章　花のごとく儚《はかな》く

1

翌日――曾根崎署、南署、堺北署のそれぞれの捜査本部幹部が大阪梅田の曾根崎署に集まって、合同捜査会議が開かれた。

その席に浅見光彦も連なっていた。オブザーバーとしてというより、ここではほとんど主役といっていい役割を担うことになっている。席も、□型に並ぶテーブルの正面、黒板を背にした三人の署長の最右翼に設けられていた。

御堂筋パレードで死んだ梅本観華子、南御堂で死んだ津野亮二、大浜公園で死んだ谷川宏枝――この三人の「死」が、じつは同じ根をもつ、いわば連続殺人事件であるという発想は、三つの捜査本部のどこからも浮かび上がる可能性のないものであった。

それぞれの事件を単独で追っているかぎりは、その繋《つな》がりはなかなか見えてこない。たまたま渦中にあった浅見だから、梅本観華子──津野亮二、津野──谷川宏枝の接点が見えたけれど、それでも、もしそういう着想があって意見を持ち出したとしても、それが警察庁幹部の弟から出たものでなければ、おそらく一笑に付されてしまっていたにちがいない。

それでなくても、大阪府警は兵庫県警と並んで、何かと問題の多いところだ。綱紀の乱れというのか、統率力が弱いというのか、上層部と第一線との意思の疎通を欠いているような事例が時折、顔を覗《のぞ》かせる。上意下達どころか、下克上《げこくじょう》もないくらいに上下関係の緊密度を欠き、極端な言い方をすれば、それぞれがてんでバラバラ、勝手気儘《きまま》のことをやっているような印象がなくもない。

もっとも、ここに集まったのは各捜査本部の幹部連中だし、相手が刑事局長の実弟であるせいか、浅見が話しているあいだは、比較的、静粛を保っていた。

話しながら、浅見は連中の様子を窺《うかが》ったが、どうやら浅見の言う、三つの事件を関連づけるという発想には、少なくとも幹部クラスの、そして多少なりとも心ある者ならば、端倪《たんげい》すべからざるものを感じたことはたしからしい。

とはいえ、三十人におよぶ参会者の半数以上は、本音の部分では、たかが素人探偵に何が――という冷やかなものがあることも、浅見は敏感にキャッチしていた。

浅見は事件の全体像を解説するに当たって、まず、事件の根本のところにある、「フリージアスロンの発明」にからむさまざまな問題から話し始めなければならなかった。

本吉清治が「極超微粒子噴射装置」の設計をほぼ完成させた時点で脳溢血《のういっけつ》で倒れ、リハビリ期間中に発明を盗用されたこと。

設計図を盗んだ直接の犯人は本吉夫人の谷川宏枝であると考えられること。

盗み出しの手引きをしたのは、南御堂で殺された津野亮二であるらしいこと。

宏枝と津野が、盗んだ設計図を渡した相手は、「発明者」の山際義和であると考えられること。義和はいわば「色仕掛け」で、宏枝を騙《だま》し、設計図を手に入れたのではないかと思われること。

山際が、盗んだ設計図をコピーして梅本特許事務所に持ち込み、特許の出願申請を行なったこと。その際、当初は山際の個人名義を使用していたが、のちにコスモレーヨン名義に変更したこと。

発明者の本吉は、コスモレーヨンが「噴射装置」による製品を「フリージアスロン」と命名し商品化した段階で、はじめて「盗用」を知ったこと。

「その間の事情について、もっとも精通しているのは、当然のことながら本吉さんの別れた妻・谷川宏枝さんと津野さんです。したがって、その二人が相次いで殺された理由は、おのずから理解できると思いますが」

浅見はそこまで一気に話を進めたところで、出席者の反応を見るためと、舌を休めるためにいったん沈黙した。

捜査員たちはしばらく黙ったまま、浅見の話をそれぞれの頭の中で反芻《はんすう》している様子だった。

まず最初に口を開いたのは、御堂筋パレード殺人事件捜査本部の西村主任警部であった。

「浅見さんは、犯行の理由はおのずから分かる、言わはりますがね、いま、ざっとお聞きしたことをメモってみたのやが、殺害にいたる動機という点で、どうもはっきりせんのです。つまり、設計図の盗み出しいう事実がほんまにあったという仮説を、かりに百パーセント信用するとしてもですな、何も殺すところまでせんでも、ええのやないのか——と、そないに思いますがなあ」

「まったく、西村さんがおっしゃるとおりだと僕も思います」

浅見は大きく頷《うなず》いて言った。

「僕が犯人の立場だったら、絶対に殺したりはしないでしょうね。設計図を盗んだ罪と殺人罪とでは、どちらが重罪であるかぐらい、誰《だれ》にだって判断できます。たとえば、未成年者誘拐や猥褻《わいせつ》行為と、誘拐殺人とでは、罪の大きさに天と地ほどの差があることが分かりきっているのに、それでも殺さないではいられない人物が、残念ながらこの世には存在するらしいですね。そして、今度の場合も現実に人が殺された——そういうことだと思います」

「しかし、証拠は何もないのでしょう？　殺されたいうのは事実やが、何者によって、いかなる動機によって殺害されたのかは、まだ断定できたものやないでしょう」

「おっしゃる意味は、津野さんや宏枝さんが、設計図の盗用やフリージアスロンとはまったく無関係の事件に巻き込まれて殺された可能性もある——と、そういうことですね。そうかもしれません。僕もあえてそれは否定しません。何しろ、証拠があるわけでもないし、犯人と目される人物の供述を引き出せたわけでもないのですからね。僕のような素人が考えたりやったりできる範囲は、たかが知れています。やはり何と言っても、専門の捜査員の方が、地道な捜査活動を通じて証拠を固めてゆくしかないのだと痛感させられました。ですから、これから先のことはよろしくお願いします」

浅見はしゃっちょこばって、テーブルの上に両手をついてお辞儀を送った。

「そういうことだよ、西村君」と、曾根崎警察署の城山署長が口を挟んだ。

「浅見さんは一民間人として、自由な発想によってわれわれ警察の人間の気づかなかった仮説を提示してくれたのだ。それをフォローして事実関係を明らかにしてゆくのが、今後のわれわれの役目だと考えてもらいたい」

城山署長はどうやら、浅見にきわめて好意的のようだ。それが兄陽一郎の威光のせいなのか、それとも純粋に浅見の推理に敬服しているせいなのかはともかく、浅見にとってはありがたいことであった。

「しかしですね署長」と、西村が首をひねりながら、途中から浅見に向けて言った。

「われわれの捜査本部が扱《あつこ》うとる、梅本観華子さん殺しの事件については、浅見さんはいっこうに触れられておらんのですが、これは関係ないいうわけでっか？　それやったらわれわれがここに出席しとる理由が何もないいうことになるが」

「いえ、関係がないどころか、梅本観華子さんこそが、この連続殺人のキーワードを握る人物だったと、僕は考えているのです」

浅見は言った。

「しかし、残念ながら、梅本さんの事件の真相はまだ憶測さえできずにいます」

「ほう、そんなに難しい事件いうわけですか」

西村は満足そうに頷いた。

「それはまあ、われわれ捜査本部の人間が連日、歩き回っても、思ったような成果を上げられずにおるのやさかい、素人さんのあんたが分からない言わはるのも当然でっしゃろが……しかし、キーワードを握っとったいうと、この事件もほかの二つと関係があるいうことですかい？」

「ええ――というより、むしろ、すべての事件が梅本さんから出発しているような感触があるのです。梅本さんを殺したことが、津野さん、さらには谷川宏枝さんの殺害に結びついたのではないかと……きわめて漠然とではありますが、そう思っています」

「えっ、えっ？　こっちの事件がほかの二つの事件の大本《おおもと》いう意味でっか？　そんなあほな……」

西村主任警部が息を飲んだのと同じ想いが、同席した全員の脳裏をよぎったのだろう。シーンとした空気が、数秒間、広い会議室を支配した。

華やかな御堂筋パレードのクライマックスの風景。真っ白い巨大なペガサス。ペガサスに跨《また》がった美の女神のごとき梅本観華子が、フリージアスロンの長い衣装を纏《まと》い、大観衆の前をゆく――。

そして悲劇が起こった。

凍りついた時間の中で、大観衆の凝視の中で、女神は苦悶《くもん》の形相を浮かべ、のどを掻《か》きむしりながら、地上に墜《お》ちた。

「あれも、山際いう男の犯行や、言わはるのでっか？」

西村が憤ったように言った。そんなことは絶対にあり得ない――という自信のほどが、その口調や表情にみなぎっていた。

「じつは、その点がどうしても分からないのです」

浅見は必要以上に肩を落として、情けない表情を演出してみせた。

「おそらく、警察は当日の被害者の行動と、彼女の周辺について、徹底的に洗い出しをなさったと思います。ことに、パレードに参加したタレントさんたちの控室に出入りした人物に不審者がいれば、見逃すことはなかったと信じています。もし山際氏のような、直接にはパレードに関係しない人物が出没していれば、当然、捜査の対象になっているはずですよね」

「当たり前ですがな。われわれの初動捜査は完璧《かんぺき》なものでありました。だが、山際氏などという人物は捜査線上には上がらんかったのですぞ」

「それをお聞きして、ある意味で納得できました」

「納得できた――いうて、そしたら浅見さん、梅本観華子がキーワードを握っておったいうのは、間違いなのでっか？　ん？　するとつまり、ほかの二つの事件も山際の犯行ではないいうことでっか？」

西村は混乱したように言った。

「いや、そうではありません。二つの事件は山際の犯行だと信じていいと思っています。ただ、彼のような冷徹な神経の持ち主が、殺人などというリスクを伴う、割の悪い犯罪を犯すには、よほどのっぴきならない理由があったとしか考えられないのです。

要するに、梅本さんの事件は、山際の計画にはなかったハプニングだったのではないか——そう思えば、梅本さんの事件は説明がつきます」

「ハプニングいうと……梅本観華子が死んだのは、あれは事故か自殺で、殺人事件ではないという意味でっか？」

「いえ、そうではありません。それも立派な殺人事件だと思います。しかし、あくまでも山際の意志ではなかったということです」

「つまり、べつの人間による犯行、いう意味ですか。それで、浅見さんはいったい誰が殺《や》ったと考えているのです？」

「それは分かりません。ただ、そうやって、計算外の殺人事件が起きてしまったことで、山際はその後の二つの事件を起こした——つまり、二人を殺害しなければならない羽目に陥ったのではないかと思うのです。つまり、第一の殺人事件を隠蔽《いんぺい》するために、第二、第三の殺人を犯さなければならなくなったというわけです」

「うーん……」

西村は腕組みをして、不満そうに、しきりに首を横に振った。

「どうも浅見さんの言うことはよう分かりませんなあ。山際はきわめて冷徹な神経の持ち主であって、殺人を犯すはずがない——と言いながら、梅本観華子が殺された事件の秘密を隠蔽するために、第二、第三の殺人を実行したなどと……そんなあほな解説を拝聴するためにこないして大袈裟《おおげさ》に集まってこなならんかったのですかなあ」

たちまち座が白けきった。

「一つ、初歩的なことをお訊《き》きしますが」と浅見は、異様な静寂の中で、かろうじて声を出した。

「梅本観華子さんが殺された事件で、捜査線上に上がった人々——ことに彼女のバッグの中にあった薬ビンに、毒物を入れるチャンスのあった人物として、誰々が浮かんでいるのか、教えていただけませんか？」

西村は何をいまさら——と言いたげな、面倒臭そうな態度で、胸の内ポケットでクシャクシャになってしまったメモを出して、浅見に渡しながら言った。

「梅本観華子さんが、あの薬を買ったのは前の日の夕刻です。彼女は若干、寒冷アレルギーの気味があって、カプセル入りのあの薬を常時携帯しとった。それを切らしたもんで、事務所の女の子に頼んで、近くの薬局で買うてきてもらったそうです。万一、パレードの最中にくしゃみが出たりしたら困るということでしょうな。事実、被害者が控室を出る直前、カプセルを飲んだのを、何人かの人間が目撃しています」

「前日の夕刻からその時までのあいだに、彼女に接触した人物はこのリストに書かれているのがすべてですね？」

浅見は西村のメモに視線を落とした。

メモにはコスモレーヨンの奥田宣伝部長以下、宣伝部員四名の氏名がまず並んでいた。

つづいて井坂プロモーションの井坂社長以下、社員が二名と所属タレントが八名。タレントの中には、浅見も知っている、畑中有紀子、八雲克子、正木雛美、友納未知の名前もあった。それに衣装デザインを担当した服飾デザイナーとお針子が二人。メイクの男性と女性がそれぞれ一人ずつ。

「ほかに、たとえば廊下で擦れ違ったとか、当日、コスモレーヨンの社長と秘書が控室に顔を出しているとか、その程度の接触はいくつかありましたが、その人たちは事件とは関係ないと考えてよさそうでした。いや、もちろん、彼女の身内の人間は除外してありますがね。あ、それと、念のために言うときますが、その間、被害者がどこかで誰かと会うた、いう形跡はありませんでしたよ」

西村はなんだか勝利者のような口振りで言った。捜査は万全を期して行なわれ、遺漏はないのだ——と言いたいにちがいない。

（そのとおりだろうな——）と浅見も認めないわけにはいかなかった。そして、その中には山際義和の名前はなかったのだ。

しかし、それでも梅本観華子は殺された。彼女の薬ビンに毒物入りのカプセルが仕込まれたという事実は動かせない。

「やはり、僕には梅本さんの事件だけは分かりません」

浅見は溜《た》め息《いき》と一緒に、力なく言った。

「彼女が山際の弱点を握っていたのはたしかです。発明の盗用問題が表面化した場合、山際を追い込む何らかの情報を持っていたとも考えられます。その口を封じるために、山際は彼女をフリージアスロンのイメージタレントに推薦したが、それでも不安だったために、ついに殺害に及んだ——というのが犯行の動機かと思えるのですが……しかし、それだけでは動機としては弱いし……」

「山際が連続殺人事件の犯人だという、浅見さんの仮説そのものが根本的に間違うとるのとちがいますか？」

西村が冷やかな目を向けて、言った。

「第一の事件が山際の犯行でないとなると、そう思わざるを得んでしょう」

それに対して、浅見はどう答えればいいのか、分からなかった。

「南署と堺北署の捜査本部ではどないなのでしょうか？　山際が捜査線上に浮かんでおるのですか？」

西村は質問の矛先《ほこさき》を両警察署の連中に向けた。

「いや、うちのほうはまだ事件が発生したばかりやからな」

堺北署の署長が言い、とりなすような口調で、

「とにかく、浅見さんの仮説にしたがって、山際いう人物の追及を中心に、大至急、捜査を展開することにします」と、結論めいて言った。

「よろしくお願いします」

浅見はまるで、自分が被害者たちの身内でもあるように、ふかぶかと頭を下げた。自分の樹《た》てた仮説が原因で、こんな大騒ぎになったあげく、大した成果も上がらないのでは、セッティングに力を貸した兄に対しても申し訳が立たない。なんとか山際が犯人であって欲しい――という、浅見には珍しい思い入れのようなものが働いてい

た。

2

どうしようもない敗北感を抱いて、浅見はまるで逃げるように、東京へ引き上げることになった。

これが素人探偵の限界なのだ——と、自分を慰めた。あとはともかく、それぞれの捜査本部が山際を追い詰め、第一の事件の真相を山際の口から語らせるほかはない。

浅見がもっとも嫌いなはずの「自白の強要」が、事件を解決する唯一の方法になってしまうのかもしれない——。

そう思うとますますやる瀬なく、情けなく、気分が落ち込んでゆく。

その浅見に追い撃ちをかけるように、それから数日を経ないうちに、大阪の南署と堺北署にある二つの捜査本部から、相次いで連絡が入った。

〔山際にはアリバイがありました〕

二つとも、同じことを言っていた。

南御堂で殺された津野の死亡時刻には、山際は北海道にいたそうだ。コスモレーヨン旭川工場の工場長と、旭川市内の店で石狩鍋《いしかりなべ》をつつきながら酒を飲んで、深夜にホテルに戻った――というのである。

また、谷川宏枝の事件の日には、九州の鹿児島市から北へ少し行ったところにあるコスモレーヨン九州工場の工場長たちと酒を飲み、深夜にホテルに入っている。

いずれの場合も、出張先から大阪に戻り、犯行を行なうことは不可能だった。

浅見の「仮説」は根本から崩れた。まさに西村主任警部の言ったとおりのことが起きてしまったのだ。

驚くべき敗北であった。宮本武蔵ではないけれど、戦えば必ず勝つ――という驕《おご》りのようなものが自分にはあったことを、浅見は痛いほど思い知らされた。

しかし、負け惜しみでなく、浅見は気持ちのどこかでこういうことになりそうな予感も感じないではなかった。あの冷徹そのもののような山際が、自らの手を血塗らせるような愚行をするはずがない――と、つねに語りかけるものがあるのを感じていた。

とはいえ、状況からいって、これらの事件は山際の犯行でなければならない――というのも、また信念のようなものだ。信念と事実との狭間《はざま》で、浅見は打ちのめされ、完全に自信を喪失した。

とはいえ、山際のアリバイが成立したことを探り出しただけで、警察の捜査のほうも進展がないらしい。新聞やテレビからも、その事件のニュースは影をひそめた。

新年に入って、株と円の大暴落が日本の社会を揺るがせていた。たかが殺人事件などに、いつまでもかかずらっている余裕は、マスコミにはないらしい。

それでなくても大阪は『国際花と緑の博覧会』の開幕に向けて、文字通り華やかなムードづくりに懸命なときだ。血なまぐさい殺人事件のニュースなど、なるべくなら願い下げにしてもらいたいところだろう。

『花博』には、もちろんコスモレーヨンのパビリオンも出展される。フリージアスロンはまさに花博にふさわしい華麗な新素材だ。広い会場に、フリージアスロンを身に纏った美女たちが乱舞するさまを、浅見はむなしく思い描いた。

大阪で出会った人々のことを、浅見は忘れてしまいたかった。大阪のことを、事件のことを、すべて夢の中の出来事にしてしまいたかった。

大阪から唯一届いた、畑中有紀子の年賀状に、浅見が突然消えてしまったことへの恨みのような言葉が、書いてあった。「もう一度お会いしたかった……」とあった。

浅見はその葉書を、デスクの引出しを開ければすぐ見えるようにしておいた。ともすれば大阪から逃避しようとする自分を、事件に引き戻すために、そうした。

身過ぎ世過ぎの仕事に追われているうちに、二月が過ぎ三月に入った。最近はもう珍しくなくなった暖冬で、サクラの開花予想は十日近くも早いのだそうだ。そのせいか、花博の前景気はいいらしい。

そういう便りを聞くたびに、浅見は事件のことを思い出す。忘れてしまいたい――と思うあまりの、事件に対する拒否反応は、花がほころぶように、しだいに緩んでゆくらしかった。そしてある瞬間、ふと(なぜだろう?――)と思った。

(そうだ、なぜなのだろう?――)

それからしばらく思い悩んだあげく、浅見は曾根崎署の城山署長に電話をかけた。

城山は懐かしそうな声で挨拶《あいさつ》した。「お世話になりっぱなしで……」などと、浅見のほうが穴があれば入りたいようなことを言ってくれた。

「恐縮ですが、調べていただきたいことがあって、お電話しました」

浅見は手短に用件だけを言った。「山際氏は月にどのくらいの割合で出張するのか、出張の目的は何なのか……」

妙な依頼だと思ったのだろう。城山は二度聴き直してから「分かりました、すぐに調べましょう」と言った。その言葉どおり、返事はまもなくもたらされた。

「山際氏は出張はあまりしないらしいです。月にというより、年に二、三度、主として海外へ行くそうですが」

「そうすると、事件当日に北海道と九州に連続して出張していたというのは、きわめて例外的なケースだったわけですね？」

「うーん、なるほど、たしかにそういうことになりましょうなあ……」

「山際氏の出張の目的は何だったのかも、調べられましたか？」

「むろん調べております。えーと、目的は製造ライン設計のための視察――ということになっていますな」

「それにしては、毎晩、飲んだくれていたような印象がありますが」

「ははは、そう言われればそのようですな。出張先での聞き込みに応じた担当者も、なんでこの時期に、わざわざ山際氏がやって来たのか、分からないくらいだと言っていたそうですが……いや、しかし、出張をしたという事実は、あくまでも事実でありますよ。もし浅見さんがアリバイ偽装工作ではないかとお考えならば、そうでないことは、警察の調べではっきりしております」

捜査本部長である署長の立場として、その点は強調しておきたいらしい。

「ええ、分かっています。僕もそのことは疑っておりません。ところで、出張の命令は誰が下すのか、お分かりですか？」

「は？　いや、そこまでは確認しておりませんが」

「ご面倒ついでに、それも調べていただけませんか」

「いいですよ」

その返事が来るまで五分とかからなかった。もっとも、この程度のことは、いずれも簡単に調べられることではある。

「出張命令は工場長から出されておるそうです」

「そうですか、工場長でしたか……どうもお手数をおかけしました」

浅見は万感胸に迫る想いで、丁寧に礼を言った。

「いや、大したことではありませんが……しかし浅見さん、それはいったい何なのでしょうか？」

署長は怪訝《けげん》そうに訊《き》いた。

「もう少し待ってください。考えをまとめてからお話しします」

電話を切って、浅見は自室に籠《こ》もった。さまざまな想念が頭の中を去来した。それと同時に、浅見は自分の未熟さを反省しないわけにいかなかった。あまりにも単純に、山際一人にターゲットをしぼりすぎた。「捜査」の時間が短かったから、やむを得ないといえばそのとおりだが、世の中そんな単純なものではないのだ。

（視野が狭い――）と自嘲《じちょう》した。

梅本観華子の事件が山際の手によるものでないと悟っていながら、それでもなお、山際を犯人に特定しなければ気がすまないようなところが、自分にはあった。それは山際に会ったときの心証の悪さに起因している。刑事が独断的な予見によって無実の人間を自供に追い込み、冤罪《えんざい》事件を発生させる状況と、それはほとんど変わりがない。

山際はたしかに第一印象も心証もよくない人間だ。それは彼の冷酷で狡猾《こうかつ》な性格から発している、邪悪なオーラのようなもののせいだ。しかし、考えてみると、そういう人物がリスクの大きな犯罪を犯すはずはない。そのことに浅見は気づいていながら、まだ妄念の虜《とりこ》になっていた。

そうなのだ、山際は殺人など犯したりしないタイプの人間なのだ。

浅見はデスクの引出しを開けて、畑中有紀子の年賀状を眺めた。すべての「悲劇」は有紀子の愛犬アリスが死んだことから始まったのだ。有紀子が「殺してやる、この怨《うら》み、必ず……」と念じた、その憎悪のほむらの激しさが小心な悪魔を脅《おび》えさせ、破滅への階段を転がり落とさせた。

翌日、浅見はふたたび城山署長に電話をかけた。大きな「新発見」を胸に秘めながら、おそるおそる申し入れた。

「恐縮ですが、ごく内々に調べていただきたいのですが」

「はあ、何でしょうか?」

思ったとおり、城山の口調には「またか」という迷惑げな気配がこめられていた。ホトケの顔も三度——という気分だろう。

「山際義和氏の車のことですが。ひょっとすると赤いスポーツカー——たぶんオープンカーではないかと思うのです。ただし、現在はすでに違う車に乗り替えているかもしれませんが……それを確認していただけないでしょうか?」

「ええ、それは調べてもいいですが、しかし、内々にということになると、時間がかかるかもしれませんよ」

「はい、それは結構です。くれぐれも山際氏に気づかれないようにご注意していただくことのほうが肝心です」

「分かりました、やってみましょう」

その結果が届くまでは日数を要した。しかし、浅見の予測どおり、アリスの死んだころの山際の車は赤いロードスターであった。

3

四月一日――『国際花と緑の博覧会』は開幕した。テレビが昼のニュースでその模様を流しているのを、浅見は家族たちと食卓を囲みながら眺めた。

いくつかのパビリオンを紹介する中に、コスモレーヨンのフリージア館もあった。そのことで、浅見ははじめて「フリージアスロン」が花博に焦点を合わせて開発され、ネーミングされたことを知り、あざやかなものだ――と感心した。

フリージア館はまさにフリージアスロンの描く幻想の世界であった。空間いっぱいにフリージアスロンの雲がたなびき、フリージアスロンの花が咲いた。色とりどりのライトやレーザー光線が飛び交い、雲を染め花を開かせる。そして三人の妖精《ようせい》が長い衣装に風をはらませながら宙を舞った。

畑中有紀子がいた、正木雛美がいた、友納未知がいた——。

たぶんピアノ線で吊るされ、操られているのだろう。中空を舞う彼女たちの、恐怖に耐えながら笑みを忘れない健気《けなげ》さと美しさに見惚《みと》れながら、浅見はふっと涙ぐみ、慌てて席を立った。

その日——昼過ぎの比較的空いている便を選んだのにもかかわらず、新幹線は子供連れの家族旅行で混雑していた。大阪へ大阪へ——と草木もなびいているらしい。ほとんどの乗客が新大阪で降り、列車は同じ程度の数の新しい客を乗せて西へ走って行った。

新大阪駅には曾根崎署の戸川部長刑事が迎えに出ていた。署長命令でしぶしぶやってきたという顔であった。部下の運転する車で花博の会場へ向かう。

「捜査のほうはいかがですか?」

浅見は遠慮がちに訊いた。

「ボチボチでんな……」と言いかけて、戸川はふいに怒ったように言った。

「はっきり言うてさっぱりですわ。そうでもなければ、こんなふうに浅見さんを迎えに出て来るわけがないでしょう」

「すみません」

「いや、あんたに謝ってもらうすじは何もありまへんけどな」

それからずっと、気まずい沈黙が続いたまま、会場に着いた。戸川が入口で警察手帳を示し、大行列を作る人々を尻目《しりめ》にゲートを通過した。大行列のフリージア館ではさらに長く、脇《わき》の入口から入るのに気がひけるほどであった。

ちょうどデモンストレーションを終えたばかりの妖精たちが、「発明者」の山際義和を取り囲むようにして、控室に戻ってきた。有紀子がまず浅見に気づいて、「あらーっ」と嬌声《きょうせい》を上げた。ステージでの興奮が尾を引いているのか、コスチュームのまま駆け寄って、いきなり浅見の首に抱きついて、「会いたかったわぁ」と叫んだ。

二人の刑事は苦々しい目で、思わぬハプニングを睨《にら》んでいる。それに気づいて、浅見は急いで有紀子の腕から逃れた。ほかの二人の妖精——雛美と未知は、少し離れたところで、山際に寄り添うようにして立っていた。山際は鋭い視線を浅見と刑事に送ったまま、無言だ。

「テレビで拝見しましたよ」

浅見は有紀子と、離れたところにいる三人に向けて、等分に話しかけた。

「空中を飛ぶなんて、高所恐怖症の僕にはとてもできない芸当ですね。しかし美しかったなあ」

「いややわ、私らかて怖くてしようがないのんですよ。もう、ほんま、おしっこチビりそう……」

有紀子は首をすくめ、口を抑えた。

「ねえ浅見さん、あとでみんなでウォーターライドに乗るのやけど、一緒に乗りませんか？」

「何ですか、それ？」

「ウォーターライド、空をゆく船みたいな乗物です」

「空はだめですよ」

浅見はだめだめと手を横に振った。

「いいじゃないですか」と、それまで無言だった山際が皮肉な笑みを浮かべながら、言った。

「ミスフリージアスロンの有紀子に誘われて断るなんて、じつに礼儀知らずですよ。男なら付き合うべきでしょうが」

喧嘩《けんか》を売るような口調だ。たちまち気まずい雰囲気が漂った。

「そんなん、乗らんでもええのですよ。無理に誘ったりして、ごめんなさい」

有紀子が泣きそうな顔になった。

そのとき、コスモレーヨンの奥田宣伝部長と井坂プロの社長がやって来た。

奥田は招かざる三人の客に、当惑げな表情を浮かべながら頭を下げ、「やあ、その節は」と浅見に向かって言った。

「今回はまた何でっか？」

チラッと刑事たちに視線を走らせて訊いた。無意識に、無粋な刑事の闖入《ちんにゅう》をなじる口調になっている。

「べつに遊びに来たわけでもないし、花博を見たりウォーターなにやらに乗るほど、警察はひまでもないです」

戸川がごつい言い方をした。

「浅見さんが、梅本さんの事件の真相が分かった言うもんで、同行しただけです」

「ほう……」

奥田は驚いた目を浅見に向けた。

「ほんまでっか？　ほんまに犯人が分かったのでっか？」

「ええ、まあ……」

浅見は曖昧《あいまい》に答えた。曖昧だが、その言葉の効果が充分に発揮されるであろうことを信じていた。

それだけで、三人の闖入者はフリージア館を立ち去った。ドアを出ながら、浅見は、妖精の一人が青ざめた顔で、部屋の片隅にある電話機を見つめているのを確認した。

エピローグ

その約一時間後、コスモレーヨン和泉工場から、山際工場長が堺北署に任意で連行されている。警察は電話を盗聴するという汚い手を使ったが、事件の早期解決への手段としてはやむを得なかったかもしれない。浅見もいまさら異議を唱えるほど、威張れた立場でもなかった。

しかし、その電話の録音テープも不必要なくらい、山際工場長はあっけなく落ちた。小心で実直な「悪魔」は、自白をすることによって天使にでもなったように、しだいに平和な表情に変化していった。険しく吊《つ》り上がっていた目尻《めじり》の筋肉も緩み、瞳《ひとみ》のギラつきも消え、口元はだらしなく開いて黄色い歯茎を剝《む》き出しにした。

そして、何もかもを語り終えたとき、山際の老いた頭脳は生まれたばかりの赤子と同じレベルになったのか、じつにのどかで無邪気な声で笑いだし、いつまでも笑いやまないまま病院に運ばれた。

山際の自白の内容を、浅見はホテルの電話で聞いた。連絡してきたのは戸川部長刑事だが、事件が解決したというのに、いつもの彼らしくなく、憂鬱《ゆううつ》そうな声を出しているのが気になった。

戸川の話によると、やはりすべては有紀子のアリスの死に始まっていたのだ。梅本観華子が赤いロードスターを追い求めさえしなければ、事件は起きなかったのかもしれない。

もっとも、事件に関わった「主役たち」は死ぬか、あるいは精神がおかしくなるかしてしまったいまとなっては、事件の真相のかなりの部分について憶測でしか描くことができない。しかし、それはともかくとして、山際工場長が物に憑《つ》かれたように語った、かなり詳細な供述や、捜査員たちが足で集めて来た断片的な「証言」を繋《つな》ぎ合わせて、ある程度の事件のストーリーはまとめることができた。それはほぼ次のようなものであったらしい。

アリスが轢《ひ》かれた数日後、観華子は問題の赤いロードスターを偶然、レストランの駐車場で見つけた。手帳を見てナンバーを確認しているとき、背後から若い男が「何をしているの?」と声をかけた。

「この車、あなたのですか?」

「ううん、そうやないけど……」

男は言いながら、観華子がいま売出し中のモデルであることに気づいた。

「いやあ、感激やなあ、僕はあなたのファンですねん」

それが津野亮二であった。観華子は彼に、この赤いロードスターが友人の愛犬を轢いたことを話して、何か損害賠償を請求できないものかどうか、訊《き》いた。

そのときから何度か二人は会っている。八雲克子が目撃したのはその中のいずれかだった。

津野は調子よく、彼女の話を聞き、力になることを約束した。これはまさに、因縁ともいうべき出会いではあった。津野は山際義和に車を借りて、そのレストランに来たのだが、そんなことはおくびにも出さなかった。うまくすれば、犬を轢いた損害賠償どころではない、もっとでっかい儲《もう》け話にありつけそうな予感を抱いたのかもしれない。

結果的に、津野は色とカネの両天秤《てんびん》を担《かつ》ごうとしたらしい。まず観華子の歓心を買うために、ロードスターの持ち主を突き止めたことと、山際義和の名と勤務先がコスモレーヨンであることを告げた。

観華子は驚いた。コスモレーヨンといえばフリージアスロンのメーカーではないか。コスモレーヨンからは井坂プロにイメージタレントの引き合いが来ている。現時点では畑中有紀子が最有力だが、観華子自身も候補の一人に名前が挙げられていた。

そういう話をしてゆく過程で、津野は観華子が梅本特許事務所の娘であることを知って、彼もまた驚いた。二年ほど前、本吉の妻を誑《たぶら》かして、山際義和との不倫をセッティングし、本吉の設計図を盗み出す手引きをしたのは津野である。また山際義和に特許出願の申請事務をどこに依頼するか相談を受けて、梅本特許事務所を探し出したのも、ほかならぬ津野だったのだ。大企業の息のかかっていない、ローカルの規模が小さく、なるべくこっちの言いなりになりそうな事務所としてそこを選んだ。

山際の父親がこの動きに気付いたのは、かなり早い時点であったらしい。息子の「実力」を承知している父親は、義和を問い詰め、どうやら他人の発明を盗用しようとしていることを知った。

「設計者は脳出血で、これ以上発明をつづける能力はないのだよ」

義和はそう説明した。事実、父親が調べたところ、本吉という人物は再起不能かと考えられた。

「この設計図を完成させれば、僕の将来はバラ色なんだ。あんたがそれを阻止する権利はないよ。それに、おやじだって一躍重役に昇格できるじゃないか」

そう言われて、父親も共同発明者に名を連ねる気になった。ただし、会社名義にすることだけは条件に加えたのである。

それ以来、津野は、工場長に昇格したばかりの山際の父親を通じて、コスモレーヨンから表に出ないカネを受け取りつづけている。設計図を盗用したことを怪しまれないために、時効が成立するまで待たなければならないが、ゆくゆくはコスモレーヨンに入社する約束も取りつけてあった。

しかし、津野は、盗用の時効が成立してしまっては、コスモレーヨンに約束を反故《ほご》にされる可能性もあることに気づいた。疑心暗鬼《ぎしんあんき》というやつである。

そういったこともあって、津野は一気に勝負に出ようと考えた。

津野は山際父子《おやこ》に梅本観華子をコスモレーヨンの専属タレントに採用するよう進言した。進言というよりは、むしろ強要であった。そうでないと、観華子は発明盗用の事実をばらすと言っている――と脅した。

そのことを山際義和は、寝物語に正木雛美に喋った。雛美を口説《くど》く際、彼女に対して義和は、コスモレーヨンのメインタレントに登用する約束を与えてある。それが怪しくなった――という趣旨のことを言った。

「それというのも、あの日、おまえがおれの車に乗って、おれの注意を引いて脇見運《わきみ》転させたのが原因なんや。いずれ、同乗していた女がおまえやいうことが分かってしもうたら、おれもおまえも失脚いうことになるかもしれへんで」

山際義和としては冗談半分のつもりで言ったことだったかもしれない。あるいは、これをしおに雛美から離れようと考えたのかもしれない。しかし、この言葉を聞いた瞬間から、正木雛美の胸に殺意が芽生えた。そして、殺意は驚くべき速さで実行に移された。

「彼女は息子の義和と、二人のあいだの愛を守るためにそうしたと言うておりました」

山際工場長は警察の調べに対してそう供述したそうである。

雛美は何度か、山際家を訪れて、すでに将来の「息子の嫁」として父親に認知されていた。むしろ、父親のほうが、真面目に雛美を愛していたといえるのかもしれない。

梅本観華子がペガサスから落ちて死んだとき、義和はすぐに雛美の犯行ではないかと思った。そして、父親にそのことを話して、善後策を講じるように頼んだ。いつもは父親をないがしろにしていながら、こういう場合にだけ泣きつく身勝手さは、いかにも義和らしいといえばいえる。

父親は雛美に会って問い詰めた。雛美は比較的、平然として、疑惑を肯定した。

「愛する義和さんの危機を救うためには、観華子さんを殺す以外に方法はなかったのです」

雛美はそう語っていたという。

たしかに、それが動機の中心ではあっただろう。しかし、潜在的な、そして本当の動機は、コスモレーヨンのメインモデルの座を、観華子から奪いたいという願望から発していたと考えるほうが当たっているのかもしれない。

雛美は巧みに完全犯罪をなし遂げたつもりでいるらしかった。しかし、山際の父親がもっとも恐れたのは、警察の捜査よりも、むしろ、事情を知っている津野が、事件を義和の犯行と思い込んで、恐喝をかけてくるであろうことであった。

雛美はそこまでは考慮していなかった。父親にそのことを言われて、しばらく考えてから、「そしたら、津野も殺してしまえばええのとちがいますか」と言った。

父親は震え上がったが、困惑しているひまがなかった。津野から最初の恐喝めいた電話が入ったのは、その直後だったのである。義和は「何もやってないのだから、放っておけばいい」とうそぶいていたが、父親としてはそうはいかない。第一、息子のために身を捨ててくれた雛美の健気さが痛ましく、またいとおしくもあった。それに報いるためにも、もはや躊躇《ちゅうちょ》している場合ではない——と覚悟を決めた。

その日の夕方、山際工場長は息子を北海道に出張させた。そして夜、雛美が津野を南御堂の境内に誘い出し、暗闇《くらやみ》に潜んでいた山際工場長が津野の頭を強打した。

思えば雛美が観華子の薬ビンに毒物を仕込み、観華子が凄絶《せいぜつ》な死を遂げたあとは、坂を転がり落ちるように、悪夢のような運命が走りだしたといっていいだろう。津野亮二も谷川宏枝も、殺されるべくして殺されたといえなくもない。

「私はどうなっても、息子だけは守ってやりたいと思いました。津野は梅本観華子さんの事件の真相を知っていると脅しをかけてきよりましたし、谷川宏枝さんはそれ以前から、息子が約束どおりに結婚してくれなければ、設計図の盗用をバラすと言ってきていたのです」

山際の父親はそう語っている。息子と自分、それに雛美の未来を守るために、実直なだけが取り柄だった初老の男が、生まれ変わったように目覚ましい活躍ぶりを見せたのだ。事件があればもっとも疑われる立場にある息子を、遠隔地に出張させたのもあざやかな配慮というべきだし、正木雛美が誘《おび》き出した「獲物」を、ものの見事に仕留めた腕前も確かなものだ。

雛美もまた、よく難しい役柄をこなした。ことの重大さと闇の深さに脅えながらも、彼女が目指したドラマのタレントよろしく、被害者の誘き出しをあざやかにやってのけた。相手が美しい女性であることで、津野はもちろん、谷川宏枝も安心して車に乗ったそうだ。

しかし、その雛美も、津野を誘き出して山際に殺害させて逃げる途中、通りの向こうから人が来るのを見て、急いで電柱の脇に身を寄せたが、その人物がこともあろうに有紀子だと分かったときには、もうだめかと思ったそうだ。しかし、有紀子の脅え方がまるで幽霊を見たような印象だったことから、とっさに幽霊を演じようと思いついた。

雛美はコートの襟を立てて顔を埋め、白いハンカチをかぶせた掌の指の付け根の裏側にペンライトを灯《とも》した。こうすると指の隙間《すきま》から漏れる赤い点のような灯が、動物の目のように見えるのである。

思った以上の効果があった。有紀子は悲鳴をあげて引っ繰り返り、しばらくは顔も上げられない状態だった。

雛美はそっとその場を立ち去って、近くの公衆電話から有紀子の部屋に電話をかけ、留守番電話に観華子の声で語りかけた。特徴のある観華子の声は真似しやすかったそうである。

戸川部長刑事の話は、すべて「山際の父親の供述によると」という言い方で終始した。したがって、詳しい部分になると、はたして真相はどうだったのか——という疑問が残るのはやむを得なかった。

しかし、それでも、山際の父親と「未来の息子の嫁」とが、涙ぐましいほどの連携プレイで事態を収拾しようと努力した状況は、浅見にも理解できた。

「それにしても、山際の父親はずいぶん詳細に語ってくれたものですねえ」

浅見はむしろ感嘆ぎみに言った。

「まったくでんなあ、すべての容疑者がこんなふうに几帳面《きちょうめん》やったら、警察の作業はずっと楽でよろしいのやけど」

戸川はジョークを言ったが、その割に憂鬱な口調は変わらない。

「それで、当の正木雛美は何て言っているのですか？」

浅見はほとんど不安に近い苛立《いらだ》ちを覚えて、訊いた。

「正木雛美は……そうや、浅見さん、後ろでテレビが鳴っているのとちがいますか？　それやったら、テレビのニュースを見たらよろしい」

戸川はそう言って、「ほなら失礼します」と電話を切った。

戸川の言ったとおり、テレビのニュース番組が始まったところだった。いきなり、花博会場での事故のニュースが流れた。

「……事故で負傷し、病院に収容された方々のお名前を申し上げます。正木雛美さん二十歳——この方はコスモレーヨンのフリージア館で演技をしているモデルさんですが、休み時間を利用して同僚二人とウォーターライドに乗っていてこの事故に遭ったもので、重体です。またコスモレーヨン社員の山際義和さん二十九歳も同じく重体です……」

浅見はテレビに駆け寄り、震える指でスイッチを切った。

コスモレーヨンの新しいイメージタレントに選ばれました——と、畑中有紀子からの電話があったのは、浅見が東京に引き上げて一週間ほど経《た》った日のことである。

「なんだか、観華子や雛美にも悪いみたいで……」と、有紀子は沈んだ口調であった。

「こんな気持ち、誰《だれ》にも言えへんでしょう。浅見さんにならい聞いてもらえると思って、電話させていただきました」

「僕なんかよりもっと適任者がいるじゃありませんか」

浅見は笑いを含んだ声で言った。

「ほんまですよ、浅見さんだけですよ」

「そうかなあ、ほら、あなたの大切な第三の人……」

「ああ……」

有紀子は吐息をついた。

「その人のことは言わんといてください。私が勝手に想っとっただけで、何でもないのですから。でも、観華子と接点がなかったいうのは、ほんまですのよ」

「ええ、分かってますよ。山際義和氏にはちゃんとアリバイがありますからね」

「えっ、どうして?……」

有紀子は一瞬絶句して、「浅見さんて、ほんま、けったいな人ですなあ」と言った。

「何も知らんような顔をしてはって、それでいて、何でも知ってはるのですもの……参ってしまうわァ」

有紀子の「参ってしまうわァ」という、のどかな言い方には、大阪女のしたたかさがみごとに表現されていた。

「でもよかった、そのこと、ずっと気持ちに引っ掛かっておったのです。浅見さんはきっと、私が隠したことを記憶しつづけはるのやろな——とか思って。これでスッキリしました。この電話で何もかも心機一転、新しいスタートですわ」

有紀子は吹っ切れたように、明るい声で言って、「さよなら」と電話を切った。浅見は新緑の御堂筋に、とてつもなく大きな落とし物をしてきたような気分であった。

自作解説

『御堂筋殺人事件』は僕の本の中で六十番目に刊行された作品である。浅見光彦物としては三十七番目。ほぼこれまでの中間点に位置する。舞台はいうまでもなく大阪。意外なことに、大阪に取材した作品はこれ一作だけであった。

僕自身のことはさておいて、大阪というところはおよそミステリーの似合わない土地柄ではないだろうか。ミステリーといってもいろいろだが、暴力団や組織犯罪、麻薬だとか密輸だとかが絡んだ、ドンパチのあるハードなものは、そのものずばりという感じだが、ジトッとした怨念や憎悪が根っこにあるようなストーリーは、大阪には相応《ふさわ》しくない。練りに練ったトリックで完全犯罪を――などと考える前に、「そんなもん、じゃまくさい、早いとこいてまえや」と、いきなりブスリとやりそうである。

大阪を舞台にした文芸作品には、企業小説や下町人情物は多いかもしれないが、ミステリー――それも「旅情ミステリー」のジャンルで書かれたミステリーは、少なくとも僕に関していえば、この『御堂筋殺人事件』が空前であり絶後になりそうな気がする。

徳間書店の当時の編集者である松岡妙子《まつおかたえこ》女史から、「大阪を舞台に」と注文されたときには、正直言ってあまり気乗りがしなかったのは、右のような事情による。その僕の重い腰を上げさせたのは、松岡女史の「フグを食べに行きましょう」のひと言だ。フグはいうまでもなく下関《しものせき》が本場だが、食べるという点では大阪がトップだと思う。「てっさ」「てっちり」という呼び方も威勢がいい。まあ、そんなことは余談だが、『御堂筋殺人事件』を書かせたきっかけが、このフグであったことは記録しておかなければならない。

『御堂筋殺人事件』は徳間書店の雑誌「問題小説」に六回にわたって連載された。連載小説の特色というか通弊というべきものの一つに、毎回、何かしらの「引っ張り」が必要であるという点がある。とくに第一回には迫力が要求される。編集者が希望を言うわけではないが、作者自身、そういう強迫観念のようなものを抱く。このあたりが書下ろしとの大きな差異になる。書下ろしの場合は、全体のバランスを見据えて、ゆったりとした展開でスタートできる。多少、退屈でも、伏線を散りばめながら、徐々に盛り上げてゆく手法も取れる。

そこへゆくと連載小説は、いきなり「ズブリ」とやるようなド迫力で立ち上がらなければならない。早い話、第一回で殺人事件が発生するか、それに近いショッキングなドラマの展開が望ましい。で、『御堂筋殺人事件』でもそのスタイルを取った。御堂筋パレードの最中、巨大なペガサスのフロート（山車《だし》）の上から若い美人モデルが転落、死亡する。そして死因が毒物によるものであることが分かり、がぜん殺人事件の様相を呈してくるというものだ。

この御堂筋パレードは実際には見ていないのだが、ビデオに撮ったものをえんえん六時間近く見せられた。その時点ですでに、パレードの最中の殺人——という構想が出来上がっていた。いや、厳密にいうと、その構想しかできていないまま、連載が始まってしまった。当時はたしか五、六本の連載を抱えていた頃だから、毎月六十枚の新連載はかなりきつかったに違いない。何がどうなったのか、はっきりしないまま、とにかく降って湧いたような大惨劇を「ありのまま」描写してゆくことになった。まさに警察や浅見光彦の「捜査」とリアルタイムで、ストーリーのほうも創出していいったのである。

僕の作品の多くが、じつはこの手法で書かれていることについては、いろいろな機会に暴露（？）しているので、先刻ご承知の方が多いかとも思うが、これはなにも投げやりな、いいかげんな創作法というわけではない。デビュー作の『死者の木霊《こだま》』以来、基本的に僕はこの方法で書きつづけてきた。どういうわけか、プロットを構築したり、あらすじを決めたりしてから書くことが、苦手を通り越してできないのである。まさに筋書きのないドラマを書いているようなものだ。

筋書きが決まっている——たとえば犯人を知っていると、どうしても犯人から遠ざかって書こうとするのではないだろうか。俊敏な刑事や名探偵なら、当然、気がつきそうな場合にもそっぽを捜査したり、的確な訊問《じんもん》をうっかり忘れたりする。作為的なミスリードだってやりたくなる。

しかし犯人や真相を知らないで書いていれば、そんなわざとらしさは、やりたくてもできない道理だ。探偵と一緒になって試行錯誤しながら、真相に到達するのだから、作品に嘘くささがないし、当初は考えもつかなかったであろう、思わぬ成果を結実させることだって可能なのである。

問題はその手法でうまいこと収斂《しゅうれん》するものかどうか——という点だ。すべての整合性を満足させて、きれいにストーリーが完結するかどうか、たいていの人は心配する。むろん僕だって心配でないわけではない。たとえば『長崎殺人事件』では犯人が特定できなくて、浅見光彦が困惑しきってしまう場面があった。そのときは作者本人が、犯人が誰なのかを特定できていないのである。また『「萩原朔太郎」の亡霊』では、岡部警部が犯人は誰なのかを分かっていながら、証拠がなく、逮捕できない。それも作者自身が頭を抱えている状況の証明と思っていただいていい。

とはいえ、いつの場合でも最後には刑事や探偵が勝利を収め、作者とともに快哉《かいさい》を叫ぶことになるから不思議だ。それがまた、作者本人が「あっ、そうだったのか！」と感心するほどの意外な結末であるから、二重に面白い。こんなことを人前で言うと、「おまえはアホか」と言われるので、身内以外には言わないようにしているのだが、ときどき「おれは天才なのかもしれない」などと、ひそかに思ったりもするのである。

さて、『御堂筋殺人事件』では、畑中有紀子、梅本観華子・繭子姉妹、友納未知、正木雛美、八雲克子といった女性群が競演する。いずれも大阪の女性でしかもモデルをやるくらいの美人揃《ぞろ》いである。これだけの女性たちを手玉に取ったのは、現実にはもちろん望むべくもないが、たとえ作品の中とはいえ、僕としては後にも先にもこれきりだ。

ところで、大阪の女性の魅力については、一九九三年に出した文庫判の「自作解説」にも書いているので、それを含め全文を紹介させていただく。

＊　＊　＊

ぼくが大阪に住んだのは、いまから三十年以上もむかしのことである。川上哲治が引退したころだから、ずいぶん古い話だ。テレビコマーシャルの製作会社を設立するメンバーの一人として誘われた――今風にいえば「ヘッドハンティング」ということになるのだろうか。もっとも、実態はそれほど威張れたものではなく、ただ若くて、貧しくて、無鉄砲だったから、誘われればどこへでも、地獄の底へでも出かけて行きそうな時代だったのだ。

大阪では市内の長堀《ながほり》と市岡《いちおか》、それに枚方《ひらかた》市や兵庫県の立花《たちばな》など、短い期間にずいぶん転々と住居を移った。まるで指名手配の犯人みたいだが、どうしてそうなったのか、はっきりした記憶はない。おかげで土地鑑《とちかん》が備わったことだけはたしかで、それがこの『御堂筋殺人事件』では大いに役立っている。
「東男《あずまおとこ》に京女《きょうおんな》」というけれど、東京の男のほうはともかく、大阪の女性は掛け値なしに魅力的である。率直で、情熱的で、しかも男に尽くすタイプの女性が多いのではないだろうか。大阪というと、何かにつけて勘定高いように思われがちだが、決してそうではない。ぼくの乏《とぼ》しい経験から言って、大阪の女性は東京の女性よりはるかに情緒的で、しかもそれを出し惜しみしない。まだ若かったぼくも、もちろん恋をした。残念ながら武運つたなく成就することなく終わったが、今度生まれ変わったら、大阪の女性と——などと考える今日このごろである。

さて、この作品では、なるべく、そういう大阪の女性の特性を描いてみたかったのだが、はたして満足すべきものになったかどうかは自信が持てない。とはいえ、研究不足の割りには、主人公の畑中有紀子が、同じタレントプロダクションの仲間たちと通夜の席でやりあう場面など書いていて、短い会話のやり取りにも、しぜん、大阪女性の特性は出るものだ——と、妙に感心した記憶がある。

ひと口に関西といっても、大阪と神戸とでは、街のイメージも住む人のタイプもずいぶん違う。京都、奈良とでは、これはもう別の文化圏みたいな感じである。同じ大阪市内でも、「きた」と「みなみ」では違うし、郊外も北の豊中《とよなか》や千里《せんり》と南の堺《さかい》や和泉《いずみ》とでは、極端にいえば生活様式から人情風土にいたるまで、まるで違う。『御堂筋殺人事件』では登場人物を、意図的に北と南に振り分けて書いてみたが、これまた、それぞれの特徴のイメージを適切に描写できたかどうか、なかなか難しいものであった。

作品リストを見て気がついたのだが、この『御堂筋殺人事件』の前の二作は、『神戸殺人事件』と『琵琶湖周航殺人歌』で、三作つづけて関西に取材した作品が並んでいる。こんなふうに隣接した地域の作品がつづくのは珍しいことである。ひょっとすると、神戸と大阪は同時取材だったのかもしれない。

余談になるけれど、関西（近畿）地方に材を取った作品は『御堂筋殺人事件』のほか『天河伝説殺人事件』（奈良県）、『城崎殺人事件』（兵庫県）、『薔薇の殺人』（兵庫県）、『熊野古道殺人事件』（和歌山県）、『若狭殺人事件』（福井県）、『「須磨明石」殺人事件』（兵庫県）、『斎王の葬列』（滋賀県）等々数多くあるにもかかわらず、ただ一ヵ所、京都だけが抜けている。

読者からのお便りで、「なぜ京都を書かないのか――」と訊かれることがよくある。

京都を舞台にした作品を手掛けないのは、業界内のいろいろな事情に配慮するからであって、決して京都が嫌いなわけではない。ぼくは若いころから寺院めぐり——というより、お寺の縁側に座って、ぼんやり庭を眺めていたりするのが好きで、大阪に住んでいるころは、よく京都に行った。訪れる人の疎《まば》らな雨の日に、龍安寺《りょうあんじ》の石庭を日がな眺めていたときもある。

そのころ「天満橋から三条へ、チリリンピリピリポッポ、京阪特急京阪特急」というCMソングがあった。市電で天満橋まで行き、そこから京阪電車で京都三条まで、たしか特急で一時間ちょっとだったと思う。大阪から京都へ行くには、この京阪電車のほかに阪急電車とJRがある。本書では阪急沿線の豊中市あたりが主たる舞台になっているのだが、その周辺もぼくが住んでいた当時といまとでは、当然のことながら、ずいぶん様変わりしたものだ。大阪市内の変貌《へんぼう》ぶりはいうまでもないが、郊外にもビルが建ち並び、高速道路が四通八達している。昔の面影を色濃く残すところといえば、御堂筋の銀杏《いちょう》並木ぐらいといっていい。取材して歩いてみて、ちょっとした浦島太郎の気分を味わった。

大阪は本質的には働く街だが、周辺に京都や奈良、それに神戸など、息抜きのできる場所があることで、バランスよく生活を楽しめるのだと思う。物価も比較的安いし、食い物が断然旨《うま》い。気取りなく暮らしてゆくには、大阪がいちばんだ。

　とはいえ、ビジネスという面だけから見ると、大阪は生き馬の目を抜くきびしさと、したたかさが横溢《おういつ》している街であることも事実だ。万博や高速道路、関西新空港など、東京にさきがけて、でっかいことをやってくれるのは大阪である。そうかと思うと、例の尾上某というおばはんの何千億円にものぼる不正融資事件や、イトマン事件のように、海千山千であるはずの大の男や経済マンが寄ってたかって、この世のものとは思えない、見ようによっては、ちょっと間抜けな出来事を起こしたりもするのだから、可愛げもある。

　古くはグリコ森永事件、近くは贋《にせ》一万円札事件と、大阪は大型経済事犯の聖地のようでもある。暴力団がらみの凶悪犯罪も少なくない。凶悪ではない程度の事例だったら、街中にいくらでも転がっている。幹線道路の二重駐車——それもベンツがぞろぞろ並んでいる——などはごく日常的な風景で、警察が違反を取り締まっているのかどうかさえ疑わしいほどだ。

　暴力団との癒着のような警察官の不祥事というと、とかく大阪府警の名が出るのも、大阪の一面を象徴するものだと思う。ゲームとばく機取締りの情報が筒抜けになったり、非行の女生徒をパトカーの中に連れ込んで悪さをしたり、痴漢常習犯を捕まえてみたら警察官だったり——と、信じられないような綱紀《こうき》の乱れである。聞いたところによると、警察のエリートは大阪府警勤務を極度に嫌うそうだ。そういえば、不祥事のお陰で首が飛んだ大阪府警本部長は一人や二人ではなかったような気がする。

そんなわけで、現実の事件のほうがよほど面白いので、大阪を舞台にしたミステリーを書いても、あまり迫力がない。ドキュメンタリータッチのミステリーや、サスペンス物ならともかく、トラベルミステリーに大阪が登場することが少ないのは、そのためかもしれない。いまだから言うけれど、ぼくがその大阪をあえて舞台に選んだ理由は、この難問にチャレンジしようという崇高なフロンティア精神よりも、大阪へ行ってフグとお好み焼きを食べたかったからである。

そうはいっても、取材はずいぶん念入りにやった。御堂筋界隈《かいわい》はもちろん、豊中や臨海工業地帯、堺付近など、作品中に描いたところばかりでなく、その三倍ほどの土地をグルグルと走り回った。ただし「御堂筋パレード」は実物を観ていない。テレビ局からビデオを借りて、パレードの出発前の舞台裏から終了まで、えんえん六時間におよぶビデオを子細に鑑賞した。

『御堂筋殺人事件』を執筆中、たしかほとんど書き終える間近だったと記憶しているが、当時大阪で開催中だった「花の万博」で事故が発生した。「ウォータ―ライド」とかいい、空中に水路を設け、ボートを浮かべて走らせていた乗物が転落して負傷者が出たというのだ。他人の不幸は医者と警察官と僧侶と推理作家のメシの種——とばかりに、早速このニュースを取り入れて作品を完結した。こんなことばかりやっていると、いまに報いを受けて、ろくな死に方をしないだろうな——などと思う今日このごろである。

一九九三年四月

＊　＊　＊

この作品を書いた時点では京都に取材した作品はなかったのだが、それ以降妙に京都づいてしまった。『平城山《ならやま》を越えた女』『鐘』『華の下にて』『崇徳伝説殺人事件』などがある。しかし、いぜんとして大阪を舞台にした作品は今後も当分のあいだは誕生しそうにない。やはり大阪にはミステリーは似合わないらしいのである。

一九九七年二月

内田康夫

甘くほろ苦い思い出の街

三十数年前のあしかけ三年ほど、僕は大阪に住んだことがある。当時は民放テレビが始まって間もないころで、ＴＶコマーシャルを制作する会社を設立する、そのスタッフの一員として参画したものだ。「坊っちゃん」ではないが若くて無鉄砲だったから、誘われるとすぐに引き受けた。「どうにかなるさ」というのが僕の生涯を通じての哲学らしい。作家になるときも、まだ大して売れもしないのに軽井沢に隠遁《いんとん》するときも、「どうにかなるさ」だった。いや、そんなことすらも考えなかったような気がする。

かといって僕は、完全な楽天主義者でもない、それなりに先のことを慮《おもんばか》ったり、クヨクヨしたりもする。ただし引っ込み思案でいてはだめだとは思っている。何か考えついたことに積極的にトライしてみる性分だ。たとえば、僕が処女作『死者の木《こ》

『霊』を自費出版したときなど、貧乏暮らしで、常識で考えればそんな金を捻出する余裕などなかった状態だったが、ふと思いついたことを、すぐに実行した。ギャンブルなどのマイナス志向の無駄金でなく、プラス志向の出費は、たとえ実を結ぶことがなくても無駄にはならないと信じている。

大阪では市内弁慶橋《べんけいばし》、市岡《いちおか》、枚方市《ひらかたし》、兵庫県尼崎市《あまがさきし》の立花《たちばな》、などに移り住んだ。暇さえあれば、京都、奈良へ出掛けては寺や仏像を見て歩いた。雨の龍安寺《りょうあんじ》の縁先《えんさき》で、半日あまりぼんやりしていたこともあった。京都河原町《かわらまち》の「再会」というサロン風の喫茶店で、清く正しいデート（どんなデートや？）をしたことなど、甘酸っぱい記憶が蘇《よみがえ》ってくる。その当時の土地鑑《とちかん》がいまごろになって、小説を書くうえで役に立つのだから、人生、無駄なことはないとつくづく思う。

大阪はがさつで、お世辞にも上品とは言いがたい土地だが、余計な見栄さえ張らなければ住みやすい街であった。物価は安いし、切り詰めようと思えばいくらでも切り詰められた。それに、女性の情緒ゆたかなことといったら、東京では絶対にお目にかかれない。ただし、三十何年前のそのころの僕は（いまも同じだが）クソ面白くもない朴念仁《ぼくねんじん》だったから、残念ながら、色っぽい話はまったくなかった（ことにしておこう)。

　大阪を舞台にしたミステリーを――という要望は、かなり以前からあったのだが、大阪はミステリーになりにくい土地柄であった。『御堂筋殺人事件』以前にも僕の作品に西日本を舞台にしたものは決して少なくないし、近畿地方に取材したものも『天河伝説殺人事件』(奈良県)、『城崎殺人事件』、『神戸殺人事件』(兵庫県)などがある。しかし、京都と大阪はなかなか書くチャンスがないままできていた。

　京都を書かない理由はじつは別のところにある。かの地には山村美紗《やまむらみさ》さんという、京都の申し子のような作家がいて、上下左右から京都を書き尽くしているので、半可通《はんかつう》の余所者《よそもの》には手が出にくい。それに、なんだか「ミステリーの女王」のテリトリーを侵害するようで恐れ多いといった背景もある。

　しかし大阪については、単純にミステリーが似合わないというイメージがあって書かずにいた。大阪はお笑いの町だし、「もうかりまっか」「なんでんねん」といった陽気そのもののような言葉が飛び交うほうが似合っている。以前、知り合いが「グランドホテルの708号室に泊まっている」というので、電話帳で調べ、「大阪グランドホテル」に電話した。フロント(らしき)おばさんタイプの声の女性が応対した。

「708号室をお願いします」と言うと電話が切れた。もう一度かけ直すとまた切れた。三度めに、彼女いわく「うちには708号室はおまへん」。そんなばかな——と思ってよくよく調べてみると、なんと知り合いが泊まったのは「新大阪グランドホテル」なのであった。ちなみに「新」のつかないほうが歴史は古く、しかも、二階建てだったらしい。ついでにもう一つ、僕の知り合いがオーナーをやっているホテルに泊まったことがあるが、そのホテルの名は、なんと「帝国ホテル」であった。ことほどさように、大阪はこの世のものとは思えない非常識がまかり通っていて、しかも一種のとぼけたおかしみが横溢《おういつ》している街なのだ。とても、ミステリアスな世界には相応《ふさわ》しくない。

それに、大阪は神戸と並んで暴力団が堂々と闊歩《かっぽ》していて、そこで発生する事件もやたら殺伐なだけのような感じがしてならない。実際はもちろんそんなことはないのだろうけれど、国道に二重駐車するベンツの列などを見ると、警察も取り締まれない治外法権みたいな世界なのではないか——とさえ思えてきてしまう。

いや、必ずしも見当外れな憶測とばかりはいえない。実際、ゲームとばく機取締りの情報が暴力団がらみの業者に筒抜けに漏れたり、非行少女をパトカーに連れ込んでいたずらをしたり、痴漢常習犯が警察官だったりと、大阪府警管内の警察の綱紀《こうき》の乱れは枚挙にいとまがない。近ごろは東京の赤坂《あかさか》警察署で、ゲームとばく機をめぐる似たような事犯が発生したらしいが、警視庁も大阪型に汚染され始めたということなのだろうか。

古くはグリコ・森永事件も大阪を中心に発生したが、たかが料亭の女主人が、大銀行をいくつも手玉《てだま》に取って、三千億（万の誤植ではない）円を超える不正融資をさせた事件だとか、イトマン事件だとか、自称イヌの訓練士の連続殺人事件だとか、現実に起きた事件のほうがよほどスケールが大きくて、なまじの推理小説なんかチャンチャラおかしい。

それらの事件の特徴は、いずれも罪の意識のない確信犯的なケースが多い。自称イヌの訓練士の連続殺人事件の例など、殺人だってあっけらかんとやってのけているような気がする。旅情なんてものは、かけらも入り込む余地がなさそうな雰囲気なのである。

その大阪にあえて取材したのは、御堂筋だけが唯一、旅情を感じさせるアナ場であったこともさることながら、本当の理由をいえば、フグ料理とお好み焼きを食いたかった欲望が強かったためといったほうがいい。徳間書店の松岡《まつおか》女史が、しきりに「フグを食べに行きましょう」と誘惑した。光文社カッパ・ノベルスの佐藤《さとう》編集長から、大阪でいちばん旨いフグ屋を聞いてきたというのである。

腰の重い僕を引っ張り出すには食い物で釣るにかぎる――という法則が、いつの間にか編集者間で成立しているらしい。あいつは酒はアレルギー体質だからだめだし、女は臆病な上に愛妻家だからだめだが、寿司かカニかフグさえあてがっておけばイチコロだと、じつに甘く見ている。しかも、それが当たっているだけに情けない。

徳間書店の取材は、例によってその松岡女史と一緒である。そのときは現在、雑誌「サンサーラ」の編集部にいる竹内《たけうち》氏が同行した。竹内氏というのは新潟《にいがた》の出で、去年の凶作の時には実家からコシヒカリを送って、わが家を飢えから救ってくれた。

大阪に着くと全日空ホテルに入り、すぐさま難波《なんば》へ行ってお好み焼きを食った。どこというあてもなしに入った店だが、小ぎれいなパブ風の店で、味も悪くなかった。こういう店がゾロゾロあるのだから、さすがは食い倒れの大阪である。

その夜はお目当てのフグ料理屋へ行った。タクシーでどんどん南へ下がって、住吉《すみよし》の近くまで行ったのではないかと思うが、正確な地理はとんと分からないし、店の名前も憶えていない。飾りけのない店の三階に上がって、フグみたいなおばさんがどんどん出してくれる料理をがつがつ食った。

フグはもちろん下関《しものせき》が本場だが、市場に水揚げされる時点のことはともかく、食うという次元になると大阪のほうが実質的だと思う。昔、大阪にいたころ、東京から両親が来てフグを食わせたことがある。当時の東京ではなかなか手が出ないフグが、安月給の僕でさえご馳走《ちそう》できるほど手軽だった。ついでにいえば、その当時はマツタケがむやみに豊作だったのか、大げさでなく、イモや菜っ葉と同じ程度の感覚でいくらでも食えた。

いくら食い意地が張っているといっても、取材はそれなりにちゃんとやった。北御《きたみ》堂《どう》と南御堂《みなみみどう》はもちろん、御堂筋一帯を歩き回った。作品の中に出てくる、向かいに花屋のある洒落《しゃれ》たマンションも北御堂の近くで発見したものである。豊中《とよなか》の高級邸宅街も堺《さかい》方面の臨海工業地域も回った。といっても、どういうストーリーになるのか、まるで雲を摑《つか》むような気分で引き揚げることになった。

『御堂筋殺人事件』は雑誌「問題小説」に六回にわたって連載されたものだが、取材に出掛ける前に、そのタイトルだけが決まっていたものの、内容についてのアイデアは取材を終えても思い浮かばなかった。取材の過程で「御堂筋パレード」の話を聞いた。われわれが行ったのはそれからだいぶ後のことだったが、その話を聞いたとき、ふと、パレードの最中に殺人事件が起きたら面白い（？）だろうな——と思った。

推理作家なんてヤツはろくなことを考えない。それで早速、パレードを録画したビデオを手に入れた。えんえん五時間半にわたるパレードはテレビの画面で見ていても飽きない。その中で純白のペガサスの作り物がひときわ目を引いた。ペガサスの上に乗ったＣＭガールが、衆人環視のなか、転落して死ぬ——というファーストシーンは、そのビデオの場面から発想したものである。その完全犯罪がどのようにして行なわれたのか、それがすべての物語の出発点になった。

解　説

山前　譲

大阪で大変なことが起こった！　といっても何かと話題の豊富な「今」の話ではないので安心していただきたい。一九九〇年六月に徳間書店より刊行された長編ミステリー『御堂筋殺人事件』での出来事である。この徳間文庫の決定版には、一九九七年二月に徳間書店より刊行された四六版に収録の「自作解説」（一九九三年六月刊の徳間文庫版に加筆）と、一九九四年九月に刊行された光文社文庫『浅見光彦のミステリー紀行　第四集』の該当部分を巻末に収録してバージョンアップされている。

いくぶん重複はあるものの、このふたつのエッセイは『御堂筋殺人事件』の執筆の裏話として大いに興味をそそるに違いない。取材の様子がかなり詳しく回想されている。また、あまり語られなかったデビュー作『死者の木霊《こだま》』以前の内田康夫氏の経歴を知ることもできるのだから貴重だ。

ただ、これは最後に読んだほうがいいのも確かである。かなり作品の内容に触れるところがあり、〝大阪というところはおよそミステリーの似合わない土地柄ではないだろうか〟などと書いて、その土地柄にもずいぶん筆を費やしているからだ。

旅情ミステリーとは相性が悪いとしつつ、「大阪が世界に誇る最大のフェスチバルでっせ」とある作中人物が自慢するイベント「御堂筋パレード」が、まずミステリーの謎解きの世界へと誘《いざな》っていく。フェスチバルではなくフェスティバルが正しいのは当然だが、この人物は本作の重要なキャラクターである。御堂筋は大阪市の梅田と難波の間を南北に結ぶ、全長約四キロの大阪市の言わばメインルートだ。六車線と幅広く、銀杏《いちょう》並木が有名である。御堂筋といえば雨、と連想してしまうのは、御堂筋をタイトルに織り込んだ歌謡曲が大ヒットしたからなのは言うまでもない。

まもなくその「御堂筋パレード」が始まろうかという時、御堂筋の沿道に浅見光彦の姿があった。コスモレーヨンという繊維会社のPR誌の取材である。御堂筋を多くのフロート（山車《だし》）が埋め尽くしているのには彼も驚いている。新商品となる世界で最も軽い繊維「フリージアスロン」を今回のパレードで宣伝するとあって、三人の美人モデルが沿道の人々に手を振るコスモレーヨンのフロートは、真っ白い巨大なペガサスが雲に乗ってやってくるというとりわけ大がかりなものだった。

　そのフロートが浅見光彦の目の前にやって来たとき、モデルのひとりが両手で喉を押さえ、地面に落ちていった。幸い車輪に轢《ひ》かれてはいなかったが、死が確認される。浅見はその死に疑問を抱いた——。

「御堂筋パレード」というと、記憶に新しいところでは二〇二三年のオリックス・バファローズと阪神タイガースの優勝祝賀パレードが思い出されるが、本書で描かれているのは一九八三年から二〇〇七年まで毎年、十月の第二日曜日に開催されていたイベントのほうである（一九八八年は中止）。正式名称かどうかは分からないが、「御堂筋パレード」と呼ばれたイベントは一九八三年以前にも開催されていたようだ。

　そのパレードに訪れた青酸化合物によるモデルの死——自殺の可能性は少ないとして「御堂筋パレード殺人事件捜査本部」が設置され、捜査が開始される。一方浅見光彦は、コスモレーヨンの宣伝部長にふぐをご馳走になったあと、通夜に駆けつけた。好奇心を抑えきれない。巧みに情報を引き出している。そして「怪人二十一面相」と名乗る人物からの電話へのアドバイスから、遺族の信頼を得ていく。そんな通夜の翌朝、今度は御堂筋の寺で男性の他殺体が発見されるのだった。

大阪は何度も訪れている。だが、観光を目的にしたことはほとんどない。新世界で串カツを堪能したことが何度かあるが、近くにある人気観光地の通天閣に上ったことはないのである。大阪城公園や吹田市の万博記念公園でも短時間で用事を済ませてしまった。梅田（大阪駅）の地下街を迷って歩き回ったのは観光とは言わないだろう。「天下の台所」と言われた大阪である。やはり商業都市のイメージを持ってしまったのだろうか。「ユニバーサル・スタジオ・ジャパン」や「海遊館」、あるいはエンタテインメント性たっぷりの高層ビルなど、観光を目的とすれば楽しめる場所が大阪にはたくさんあるのは間違いないのだが……。ただ浅見光彦同様、ついつい「食い倒れの街」のほうに誘われてしまうのも間違いない。

浅見光彦はPR誌の取材で、大阪市とその周辺都市をじつに精力的に飛び回っている。その取材行の中心となる「フリージアスロン」と、宣伝役となるモデルたちに着目して事件解決の糸口を見つけていく。「旅情」をあまり意識しなかったからこそ、異色のテーマが生きているとも言える。のちに書かれた『遺骨』や『悪魔の種子』に相通じるものがあるだろう。

そしてある人物に疑いを抱くのだが、はっきりとした証拠が摑《つか》めなくてもどかしい思いをしている。読者にしてみれば完全な推理に到達できない名探偵の姿は痛々しい。これは初めての「浅見光彦の敗北」になるのだろうか。もちろんそんなことはない。一気呵成《いっきかせい》の謎解きから意外なラストを迎えている。そこで気付く。『御堂筋殺人事件』は大阪を舞台にしなければ書けなかった作品なのだ。

浅見光彦と若い女性とのやりとりも異色と言えるかもしれない。ヒロインとそのモデル仲間たちと名探偵の係わり方は各人各様だ。すっかり魅了されてしまったり、思わせぶりに情報を小出しにしたりと、浅見光彦を戸惑わせている。感情の起伏や恐怖心も繊細に描かれている。そしてなにより大阪弁が醸し出す独得の雰囲気――やはり『御堂筋殺人事件』は大阪のミステリーなのである。

二〇二四年六月

この作品はフィクションであり、文中に登場する人物、団体名は、実在するものとまったく関係ありません。なお、風景や建築物など、現地の状況と多少異なっている点があることをご了承ください。

（著者）

本作品は2017年8月に刊行された徳間文庫の決定版です。

「甘くほろ苦い思い出の街」は光文社文庫『浅見光彦のミステリー紀行　第4集』より再録しました。

徳間文庫

御《み》堂《どう》筋《すじ》殺《さつ》人《じん》事《じ》件《けん》【決《けっ》定《てい》版《ばん》】

2024年7月15日 初刷

著者 内《う》田《だ》康《やす》夫《お》

発行者 小宮英行

発行所 株式会社徳間書店

東京都品川区上大崎三－一－一
目黒セントラルスクエア 〒141－8202

電話 編集〇三(五四〇三)四三四九
販売〇四九(二九三)五五二一

振替 〇〇一四〇－〇－四四三九二

印刷
製本 中央精版印刷株式会社

ISBN978-4-19-894957-0 (乱丁、落丁本はお取りかえいたします)